僕が終わってからの話

contents

illustration：夏乃あゆみ

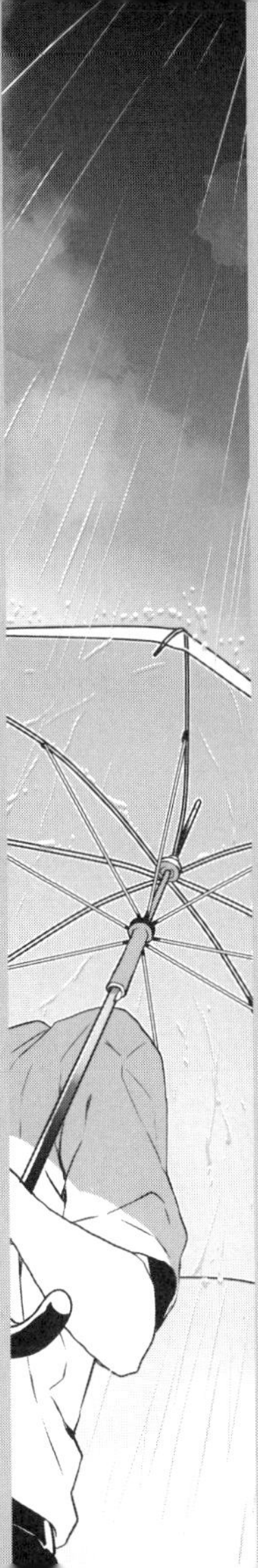

僕が終わってからの話

boku ga owatte kara no hanashi

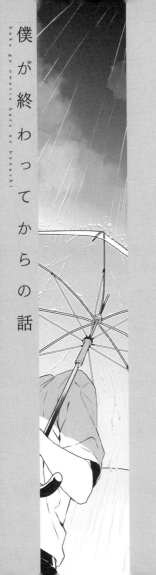

きっと誰もが、授業中に一度くらいは考える。

教科書に登場する歴史上の人物たちは、自分の死後百年だか数百年だか、まさかの千年だか経《た》って、こんなところに記《しる》されるなんて思ってもみなかっただろう。

死後の世界は誰にも判らない。

あの世ではなく、この世のその後も。

誰の死後も世界は終わらず続く。当然、歴史に名を残すなど間違ってもない、ミジンコの一匹が世界を動かすくらいに有り得ない僕の死んだその後も。

数多《あまた》の偉人たちと同じく、明日さえも目にすることはない。一年後も十年後も、まして百年後や千年後の世界がどうなっているかなんて、正解は判らないまま。

僕はもうなに一つ知ることはない。

そう思っていた。

実際に、終わってみるまでは。

◇　◇　◇

僕こと野原草也《のはらそうや》が死んで七十日ほどが過ぎた。

葬儀にまつわるあれやこれやも一段落、故人を偲《しの》ぶのもほどほどにしたい頃合いだ。

ほどほどどころか、高校の教室の空気はとっくに生前と変わりない。

三時間目の授業が終わると同時に、どっと沸くように賑《にぎ》やかになる。十代だからといって毎日がハッピーなはずもなく、思春期の面倒くさい闇まで抱えたクラスメイトもいるのだろうけれど、概《おおむ》ね平和なクラスなのでパッと見は朗《ほが》らかそのものだ。

休み時間の顔は、スマイル、スマイル。黄色いスマイリーのスタンプでも顔に押して並べたみたいな笑顔で、教室は楽しげな笑い声で満たされる。

これが草也の死んだ後の世界だ。

享年《きょうねん》十六歳。二年生になるのを待たずのご臨終《りんじゅう》。遺影《いえい》は見飽きた学生証の写真で、ついた戒《かい》名《みょう》はなんだったか。どうせ誰も呼ばない名前だからなんだっていい。キラキラ戒名だって構うもんか。

そもそも、本名すら今はもう誰も呼ばなくなってしまった。

病気でもなかった草也が突然死んだのは、落雷のせいだ。

一年生の最後の日。三学期の終業式の後、突然の荒天《こうてん》で校庭の樫《かし》の老木に雷が落ちて倒れた。近くにいた数人の生徒が巻き込まれて、みんな軽傷だったにもかかわらず一人当たりどころ悪く死んだのが草也だ。

高校の校庭で起きた春雷《しゅんらい》による不幸な事故は、当然ニュースになった。

思えばあれが人生のハイライトだった。教科書とはいかなくとも、ネットのトップニュースに載るなんて、まさに『こんなところに記されるとは思ってもみなかった』だ。

最大瞬間風速で盛り上がりを見せた草也のクライマックス、エンドロールはよく判らないいま短い人生は終わりを迎えた。

学校はバタバタの内に春休みに入り、クラス替えもなくみんなは無事に進級した。

少し前まで一緒に学んでいた草也の存在の名残《なごり》といえば、窓際の一番手前にできた空席くらいだ。教室が変わっても、元あった机の位置に草也の席は用意された。花瓶《かびん》の花が飾られ、味気ない教室に彩《いろど》りを添えている。

その名のとおり、野っ原の草のように存在感の薄かった自分にしては、これでも上等なほうかもしれない。ていうか、戒名はどうでもいいから、もうちょっとマシな名前をつけてほしかった。

親への恨みも、先立った親不孝でプラマイゼロか。

「天沢《あまさわ》くん」

突然声をかけられ、ハッとなって振り返る。

六月に入り、冬はブレザーの制服もすっかり夏服だ。女子は白い半袖シャツにグレー系のチェックスカート。丸っこいメガネをいつもかけたクラスメイトは、草也の顔を見ると少しそわそわしたみたいな表情を浮かべ、目線で机に載った花瓶を示した。

「お花の水、替えようと思って」

「あ、ああ、邪魔してごめん」

『ううん』と頬を赤らめて声にならない返事をした彼女は首を横に振り、ガラスの花瓶に手を伸ばす。

現在の『僕』、天沢奏《そう》に対する女子の反応はだいたいこんな感じだ。

天沢はクラスでは学級委員長をやっている。

委員長なんていうと、面倒な役目を押しつけられた地味めの真面目くんのイメージもあるけれど、天沢は違う。

一目置かれるのは、成績が優秀だからだけじゃない。さらりとした髪は天然の明るい栗色でパッと目を引く。中性的な顔立ちは、クラスの女子に「集合写真で隣に並ぶのきつい」と言われるほど品よく整った顔で、肌色も男にしては白い。

ようするに美形のイケメンだ。身長は平均程度だけれど、美貌の前にはサイズ感などどうでもいいらしい。

顔よし頭よし。残念ながら、生まれ変わって理想の自分を手に入れたわけじゃない。

いわゆる取り憑《つ》いたというやつだ。草也には故意も悪気もないけれど、気がついたら天沢に憑いていた。

霊体としてまだ不安定だった死んで間もない頃は、ふわふわと天沢の周りを浮遊していた気がする。誰かに命じられたわけでもないのに、天沢にだけ家も学校もお風呂からトイレまでついて回り、そのうち『お世話になります』とばかりにバッチリと乗り移るようになった。

草也が憑依《ひょうい》している間、天沢もたぶんその辺をふわふわしている。と言っても、見えているわけではないので想像だけれど、休眠状態なのは確かだ。

同時に二人がこの体に入るのは不可能だった。漫画やアニメのように、霊は見えたりしないし、頭に響く声と会話したりもできない。草也はただ憑いたり離れたり。天沢も追い出そうと陰ながら努力はしたのかもしれないけれど、このとおり元気いっぱいの心霊生活だ。

霊とはいえ、天沢に悪いなという罪悪感はある。草也は手紙で伝えた。壁に浮かび上がった血文字などではなく、普通にノートにちまちまと書いた文字だ。

返事がきて筆談でのコミュニケーションが始まり、天沢から妥協案らしきシフト制が提案されたのは、ひと月ほど前。

気まぐれに出たり入ったりされては堪《たま》らないと思ったのだろう。

月水金が天沢で、火木土が草也だ。日曜は基本は天沢だけれど、用事次第で応相談。

今日は草也の木曜だった。

「松野《まつの》さん、いつもごめんね。お花、ありがとう」

花瓶を手に出て行こうとする彼女に声をかける。商店街の花屋の娘である彼女が、いつも花を用意してくれていた。

草也とは友達ですらなかった天沢の姿で礼を言うのは変かもしれないけれど、クラスの代表である学級委員長としてならば、ギリギリありだろう。

不思議そうにしつつも彼女はまた頬を染め、『ううん』と首を振って教室を出て行った。

平和なこのクラスにスクールカーストなるものが存在するとしたら、天沢は間違いなくヒエラルキーのトップクラスだ。そして、草也はといえば野っ原の草らしく地面にほど近い最下層だった。

苛《いじ》められてこそいなかったけれど、親友と呼べるほどの友人はおらず、天沢のように賢くもないので心から頼りにされることもない。恋人いない歴はもちろん年齢という、よくいる冴えない男子高校生だった。

今は反動で楽しくやっている。

死んでからの生活は意外と快適だった。進学や就職で頭を悩ませる必要もなく、親世代のような老後の心配もいらない。

今はただの霊体ではないので、お腹も減るし学校にも通っているけれど、取り憑いたのがクラスで最も優秀といっても過言ではない天沢なので当面の不安も不満もなかった。

死んだけどツイている。

「天沢、どうしたのぼーっとして」

いつの間にか、草也はぼんやり机と机の間に突っ立っていた。

「あっ、べつになんでもないよ」

白い顔をぶんぶんと左右に振りながら背後を見ると、声をかけてきたのはクラスでも大人っぽく、ポニーテールの眩《まぶ》しい泉水《いずみ》だ。

「天沢さ、今日も学食?」

「あ、うん、そうだけど……」

「よかった! じゃあ、サンドイッチもらってくれない? ホットサンド作りすぎちゃって」

「えっ、いいのっ?」

私立のこの学校は、様々な家庭事情で寮生活を送る者がいる。実家の遠い天沢も草也と同じく寮生で、昼は学生食堂の代わり映えのしない食事なので素直に嬉しい。

「うん、いつも学食みたいだから、どうかなって。エビたまもあるよ」

「わー、エビ好き!」

無邪気に喜びの声を上げてしまった。料理が趣味らしく、たまに焼き菓子を配ったりもしている彼女だから違和感はなかったけれど、傍《かたわ》らの席からは低い声が上がった。

「いいよなぁ、モテる奴は。おーい泉水、学食は天沢だけじゃないんですけど~?」

ジトッとした目でこちらを仰《あお》ぐ岩橋《いわはし》に、泉水は焦《あせ》り声で否定した。「たまたまだし、全員に配るほどないだけだし! 天沢、これっ!」とすでに手に持っていた紙袋を強引に手渡し去っていく。

「あっ、泉水さん、ありがとう!」

同じ寮生活だろうと、草也時代にはなかった快挙だ。クラスの女子からサンドイッチをもらうどころか、まともに目を合わせて会話をした覚えもない。

「あ、逃げた。まぁいいや。なぁ天沢、次の土曜カラオケ行かない？　南森高《みなみもり》の女の子たちに誘われてて……」

「土曜日？　うん、行く行く！」

「お、おう、ラッキー。おまえいたら、顔面偏差値上がって盛り上がるわ」

純粋に誘われることが嬉しい草也は二つ返事で、あまりの即答ぶりに岩橋が戸惑うくらいだ。

「あ、でも俺、あんまり歌知らないんだけど……タンバリンくらいなら振れるから」

「タンバリンて」

「マラカスがいい？」

「どっちでもいいけど、おまえ……なんか最近、雰囲気変わったな」

「えっ、カラオケに行ってなかったっけ？」

天沢が放課後に誘われる姿を目にした覚えがある。

「いや、前も誘えば来たし、付き合い悪かなかったけど……なんていうか、もっとこうクールっぽかったっていうか……」

入れものが変わっても、草也は草也だ。人気者の生活に舞い上がり過ぎかもしれないと、表情を引き締めようとしたところ、また声がかかった。

「委員長ぉ！」

甘ったれた声を出した男子は島本《しまもと》だ。『委員長』呼びをするときは、大抵お願いごとのあるときで、すでにわざとらしく両手まで合わせている。

「頼む、教えてっ！」

「えっ、な、なに？」

「今日の数Ⅱの小テスト、すっかり忘れてたんだよ～どの辺出そうか教えて？」

草也は固まった。

「えっ、数Ⅱって今からの？　小テストってなに？」

「えっ！」

「えっ……」

顔を見合わせ、島本の円《つぶ》らな眸《ひとみ》としっかり視線を絡ませた。


四時間目の授業の始まる前から項垂《うなだ》れていた草也は、授業が終わる頃には額が机に着きそうなほど落ち込んでいた。

小テストの予告なら先週あったのに、すっかり忘れていた。そして、天沢ならともかく、凡人の草也にはろくにテスト勉強もしないで数式を華麗に解いたりはできない。

結果は推《お》して知るべし。

「どうした、天沢？」

あと一息でゴツリと額を机に打ちつけるというところで、通路を挟んだ右隣の席から声がかかった。

「い、市来《いちき》」

バッと顔を起こした草也は、見慣れた顔なのに息を飲む。昼休みに入ったばかりの教室は、弁当を広げようと机を動かす生徒や、我先に学食に向かう生徒たちで慌ただしい。

そんな中、隣の市来一馬《かずま》はのんびりと頬杖《ほおづえ》をついてこちらを見ていた。

座っていても、その黒髪の頭は仰《あお》ぎ見る位置にある。クラス一の高身長にもかかわらずあまり威圧感がないのは、今時の男子らしいすらりとしたスタイルだからだろう。

「天沢〜？」

「あっ、えっと、そう、テストが全然できなかったから……」

「全然？」

正直に答えてしまったことに気がつき、慌てて首を横に振った。いかに自分らしくとも、『天沢』のイメージにはそぐわない。

「い、いや、全然ってことはないけど、まぁまぁできなかったっていうかっ」

「まぁまぁできないって、なんだよそれ」

変な日本語だ。市来はプッと噴き出すように笑って、それから草也が焦ってまたおかしなことを言い出す前に同意した。

「俺も俺も。昨日勉強しようと思ったら、がっつり寝落ちしてさ〜」

「そうなの？」

「ああ、勉強しようとしたら急に眠くなるやつ、アレなんなんだろうな」

フォローしようとしてくれたんだろうか。

それとも、本当に眠気にやられただけか。長い腕を掲《かか》げて伸びをする市来は、今も欠伸《あくび》を零《こぼ》していて本当のところは判らない。

市来一馬はマイペースで摑みどころのない男だ。同調が処世術のような学校生活では珍しいタイプで、群れるのが嫌いというわけではなさそうなのに、休み時間も一人離れて爆睡していたりする。

授業中も度々《たびたび》寝ていて、不真面目かと思えば成績は悪くない。

きっと天沢と同じで、元の頭がいいのだろう。『地頭《じあたま》が良い』ってやつだ。

背は高く、鼻も高く。目元が吊り目がちなせいか黙っているとちょっと怖いけれど、ただの雰囲気イケメンではない顔は紛《まぎ》れもなく整っている。長めの前髪で隠れ気味なのが、もったいないと感じるくらいだ。

クラスでも目立つという共通項があるせいか、天沢と市来は比較的よく話をしていた。

――羨《うらや》ましい。

そんな風に思ってしまう草也は、高校に入ってすぐの頃、市来と友達になれるチャンスがあった。

全校集会で気分が悪くなったときだ。

入学早々に集会で倒れたりして、『ひ弱』のレッテルを貼られるのは避けたい。悪目立ちしたくない一心で、どうにか持ちこたえたものの、教室へ戻る途中で胸のムカつきは最高潮に達してもどしてしまった。

渡り廊下から飛び出した草也が蹲《うずくま》ったのは、校舎に沿って走る側溝《そっこう》のところだった。

「おい、大丈夫か?」

声をかけられ、ビクリとなった。振り返り、『終わった』と思った。みんなからだいぶ遅れを取り、ただ一人歩いていたつもりの草也の後ろにいたのは、同じクラスの男だった。

まだ名前までは知らなかったけれど、クラスで一番背が高く、パッと目立つ男だから記憶に残っていた。

「おまえ、顔色やばいぞ」

「あ、う、うん」

気分の悪さと、クラスメイトに最悪のみっともないところを見られたショックと。顔面蒼白の草也は頷くだけで精一杯で、いろんな意味で死にそうで、男の顔をろくに仰ぐこともできなかった。

「『うん』じゃないだろ、やばいって。立てるか？　保健室行くか？」

「だっ、誰にも言わないでっ！」

思わずそんな言葉が口を突いて出た。男は驚いた顔をし、「それどころじゃねぇだろ」と呆れた声を発した。

冷ややかな声音に心臓が縮み上がったのも束《つか》の間《ま》、草也は腕を掴まれぐいと引き起こされた。

「ほら、行くぞ。すぐそこだから頑張れ」

「えっ、あっ、うん……」

勢いと腕の支えに導かれるまま保健室に辿り着いた。養護教諭に迎えられ、いろいろ訊かれて答えたりしているうち、気がついたらもう男の姿はなかった。

薬をもらって落ち着き、午前中はベッドで休ませてもらった。昼休みに入って保健室を後にし、思い当たって側溝の様子を見に行くと、溝は洗い流され綺麗になっていた。

掃除が入るような時間帯でもなく、あの男がやってくれたに違いないと思った。

気は急《せ》きつつも、『どうしよう』と恥じる気持ちもまだ残っていて、軽やかとはいかない足取りで向かった教室は普段と変わりなかった。扉を開けても誰も自分に注目したりはせず、いつもどおりに騒がしい。

誰にも話さないでいてくれた『クラスで一番背の高い男』の元へ、草也は向かった。

食事を終えて席を離れようとしていた男は、草也を見ると「おう、大丈夫だったか？」とだけ言った。

「うん、寝てたら治った。あの、もしかして掃除……」

「よかったな、大したことなくて」

ニカッと笑われて、胸のどこかがキュッとなった。「ありがとう。そ、掃除も」と答える草也は、声帯まで縮《ちぢ》んだような声しか出せず、でも心の内で『いい奴だな』と強く思った。

縮んだ心臓は、すぐに一時停止から再開するみたいにトクトクと鳴り始めた。

「あの、あのさ……」

「ああ、市来な。俺は市来一馬。まだ名前言ってなかったろ」

さらりと告げられる。その瞬間にはもう、すでに特別なフィルターでもかかっていたのかもしれない。

市来も、市来の周りもなんだかキラキラ光って見えた。

「お、俺は野原草也。よろしく」

夢でも見ているような、ふわふわした気分。その日草也が抱いた感情は、尊敬から憧《あこが》れ、そして恋心と出世魚みたいに名前を変えて成長を続けた。

市来もこの一年でまた背が伸びた。今では大人と並んでも頭一つ飛び抜ける長身で、あどけなさの完全に抜けた顔は男っぽくなり普通にカッコイイ。

毎朝鏡を見る度《たび》にドキッとさせられるほど天沢も端整な顔をしているけれど、草也は市来のほうがずっと男前だと思う。

ずっとずっと心をざわつかせる。

「食事行かねぇの？」

見入りそうになった顔に問われ、草也はひゃっとなった。

「今日、泉水さんにサンドイッチもらったからっ」

「へぇ、手作り？　天沢は相変わらずモテてんな」

「そっ、そんなんじゃないよ。ホットサンドを作り過ぎたんだって」

机から紙袋を取り出しつつ、草也はチラと隣を見た。

「市来も食べる？」

何気なさを装《よそお》い訊ねる。

「俺まで食べたら、おまえの分が足りなくなるだろ」

「元々学食に行くつもりだったから。なにかホットサンドに合いそうなもの一緒に食べるよ。パスタとか……カレー？」

「じゃあ……シェアするか？　あー、泉水に訊いてみてからな」

市来は立ち上がり、グループを作って食事を始めている彼女へ声をかけた。

授業は寝ていたり適当なくせして、こういうところはいいかげんじゃない。市来の意外な律《りち》儀《ぎ》さも、草也は「いいな」と思う。

「俺も食べていいってさ。マジありがとうな、奏ちゃん」

不意に名前で呼ばれてドキリとなった。

ただの気まぐれなのか、市来は時折冗談っぽく天沢を『奏』や『奏ちゃん』と名前で呼ぶことがあって、心臓に悪い。

草也と名前の響きが似ているせいで、一瞬自分が呼ばれたみたいだ。

出会ってから約一年。一方的に好きになってからも約一年。数いるクラスメイトの中で、天沢を取り憑く相手に選んだのは、たぶん――きっと、市来と話せるからだ。

「う、うん、行こう、学食」

草也は、ぎこちなく笑って言った。


今日も一日、滞《とどこお》りなく終了した。

学校近くの寮の部屋に戻った草也は、ホッと胸を撫で下ろし机に向かった。もう慣れたけれど、天沢とは互いの記憶が共有できていないので不都合もある。

今日は定例の委員会があり、各クラスの学級委員が集まった。前回出席した天沢が、内容を記録しておいてくれて助かった。学級委員は副委員の女子と二人一組で、判らないことがあれば訊けると言っても、あれもこれもなにもかも『覚えていません』では不自然極まりない。

几帳面《きちょうめん》な性格を表わすように、パソコン作成の資料。各々《おのおの》の発言なども細かく記されていて、もはや分析ノートと言ってもいい。

「はぁ、天沢はやっぱりすごいよなぁ。こういうの完璧主義って言うのかな……」

草也はただただ感心せざるを得ない。

役目をもう終えた紙の束ながら、捨てるのももったいない気がして、しまっておこうと袖《そで》机《づくえ》の引き出しに手をかけた。

ガタリと鳴った。

「あ……そうだった」

下の段の引き出しは、いつも鍵がかかっている。

魂二つ、身は一つ。必然的に二人で多くのものを共有しているけれど、天沢にも秘密にしたいものはあるらしく、袖机だけは開かずのスペースと化していた。

幽霊相手にだって、プライバシーは守られて然《しか》るべきだろう。

「ごめん、ごめん」

草也はつい声に出して詫《わ》び、引き出しはやめて机の上の棚に差すと、代わってスマートフォンを手にした。

草也だった頃には三日と持たず、勢いでダウンロードしてもたった一日の書き込みで終わっていた日記のアプリが、今は生活必需品になっている。自分だけでなく、天沢にとっても。

直接会話のできない天沢と、連絡を取り合い、記憶を共有するための交換日記だった。

「……そういえば問題あったんだった」

今日という日は、滞りなく終わってなどいない。散々な結果だった小テストを振り返ると、スマホを操作する指も強張《こわば》る。

『拝啓。天沢奏様、委員会の資料をどうもありがとうございます。おかげで無事に終わりました。来月は夏休みに入るから定例会はナシだそうです。とてもラッキーです。

ところで、本日四時間目は数Ⅱのテストがありました。小テストです。』

書き出しからして怪しさ満点、後ろめたいことでもあるとしか思えない硬さだ。たった数行で入力の指を止めてしまった草也は、目が乾きそうなほど画面をじっと見つめたのち、思い切るように呟いた。

「……いや、べつに伝える必要はないような。中間とか期末テストじゃないんだし」

天沢とは曜日を分けて登校しているので、木曜の授業に出席するのはいつも草也だ。

それより、泉水からもらったホットサンドについて詳しく書いておくことにする。天沢も礼を言っておきたいだろうし、人間関係はテストより大切だ。

ノルマのような日記を書き終え、いつものようにスマホを充電しようとすると、机の上の充電器の傍《そば》に黄色い付箋《ふせん》が貼ってあった。

矢印が書かれている。首を捻《ひね》りつつそちらを見ると、また目の届く範囲に矢印の付箋が。黄色、ピンク、水色、また黄色と付箋を追いかけ、最後の大きな付箋は草也の座っていた椅子の目の前、机の天板の裏だった。

『委員会、おつかれさん。冷蔵庫のアイス、食っていいよ』

小さなワンルームの寮の部屋に冷蔵庫はない。

共同で利用している食堂の冷蔵庫へ、草也は半信半疑で向かい、冷凍室の引き出しを開けてみれば『天沢』と蓋《ふた》にマジックで書かれたアイスがあった。

「ホントだ……」

しかも、庶民の永遠の憧れダッツアイスだ。アイスの好きな草也が、気になっていたコンビニ限定のフレーバーで、日記に書いていただろうかと思った。

悪戯心《いたずらごころ》を感じる付箋を見つめる。

草也相手にはちょっと口が悪かったりもする天沢は、学校のイメージと違っているけれど、優しいところは変わりない。勝手に取り憑かれているのに、アイスまで買い与えてくれるなんて、自分が幽霊なら天沢は天使様だ。

――今日も良い一日だった。

買ってもらったとっておきのアイスは夕食後に食べ、お風呂でさっぱりして、ベッドに入る草也は満ち足りた気分だった。

天沢は優しいし、クラスのみんなも構ってくれて、なにより今日も市来と話ができた。学食でホットサンドとミートソースのパスタを分け合い、キャッキャウフフ。いや、キャッキャしていたのは自分だけだけれど、楽しい時間に違いなかった。

――今が人生で一番幸せかも。もう死んでるけど。

天使もいるし、もしかしたらここが天国なのかもしれない。

自分は、自分の死んだ後の世界を見続けているのではなく、ここがあの世だったりして。

――まぁ、いいや。

それでも構わないと、棺《ひつぎ》に白装束《しろしょうぞく》で収まったときのように安らかな顔をして草也は眠りについた。

次に目を覚ますのは土曜だ。

土曜日。学校は休みにもかかわらず、草也は早くから目を覚ました。

まだたぶん七時くらいだ。お天気の良さは、カーテンを開けなくとも隙間から漏れる朝日の眩しさで判る。

金曜日の記憶のない草也には、今日は木曜の続きのようだ。幸福感のままに鼻歌でも歌い出しそうな調子で、スマホの日記アプリを起動させ、ヒッとなった。

『拝啓。野原草也様、木曜日は数Ⅱの小テストがあったそうですね。』

書き出しからして不穏さ満点。どこから情報が漏れたのか、二十四時間と経たずに天沢の耳に入ったらしい。

『おまえ、勉強しなかったな？　予習は？　復習は？　だいたい、授業ちゃんと聞いてたら小テストくらい余裕のはずだろ。俺の脳みそ使ってるのに信じられない。俺の体でバカを晒《さら》すなんてありえない‼』

口の悪さがちょっとやそっとではなくなっている。

天使返上《へんじょう》。罵詈雑言《ばりぞうごん》とはきっとこのことで、ここは天国ではなく現実だった。

『おまえにダッツアイスを食う資格はない！』


「えー、天沢くん、カフェ行かないの？」

土曜日の昼はカラオケの約束だった。

他校の女の子は初対面ながら、明るく人懐っこい子たちで早くに打ち解け、カラオケボックスを出る頃には、もう次に寄る店も決まっていた。

「うん、ちょっと用事があってさ。ごめんね」

草也だけが店を出たところでバイバイする。それなりに盛り上がったカラオケで役目は充分果たせたようで、岩橋ら男メンバーには強くは引き留められなかった。

一日中遊ぶには、罪悪感に阻《はば》まれた。

天沢にがっつりと叱られ、目が覚めた。

食べる資格がないと言われても、食後のデザートに消えたアイスは元には戻せない。誠意を見せるべきはアイスではないのも、草也の今一つデキのよくない頭でも判る。

どうせ勉強をしても天沢のようにはいかないからという甘えはあった。幽霊は、努力や根性なんてものとは無縁だという思い込みも。

「憑かせてもらってるんだもんな……」

——せめて、天沢の足を引っ張らないようにしなきゃ。

みんなと別れ、寮まで戻る途中で寄ったのは本屋だ。最寄駅近くにある書店は、周辺に学校が多いこともあって参考書などのコーナーが充実している。

とりあえず数学だ。手に取って見て回ると、解説も見た目の色使いも、生き別れの恋人か兄弟かと思うほど絶妙にしっくりくる一冊に出会った。

特に売れ筋の本というわけではなさそうだけれど、これにしようと心に決めたところで背後で声がした。

「参考書?」

振り返ると、ちょっと高い位置にある顔にギョッとなる。

「いっ、市来っ！」

後ずさった拍子《ひょうし》に棚にぶつかりそうになり、「危ない」と腕を掴まれ引き戻された。

「悪い。驚かせたか？　昨日、テストの話したら参考書買っとこうかなって言ってたろ。だから、いるかと思って」

「あ……」

どうやら天沢の情報の出所は市来らしい。

しかも、自分が……いや、天沢がいるかもしれないと思って本屋に寄ってくれたのだ。

「いいのあった？」

「あ、う、うんまぁ、これ使いやすそうかなって」

「んー」

手元を覗き込んでくる市来のちょっとした動きにも、まだ状況に追いつけていない草也の胸はバクバクとなる。

顔が近い。距離がヤバイ。俯《うつむ》くとさらりと揺れる男の前髪は、触れそうで触れないものの、ふわりと女子みたいな甘い匂いがした。

フローラルな香りつきシャンプーなんて意外だ。

——ていうか、私服。市来、私服だし！

用もないのに週末に制服を着る高校生は稀《まれ》だ。市来はTシャツにブラックジーンズのラフな格好だった。六月に入って制服も今は半袖シャツだけれど、さらに袖の短いTシャツから伸びた二の腕はやけに新鮮に感じる。

いつもすらっとして見えるのは仮の姿なのか。長身ゆえにバランスでそう映るだけらしく、腕は筋肉もしっかりとついていて男らしい。

「俺もそれ買おうかな。さすがにこのままじゃヤバイわ」

「えっ、市来も勉強するの？」

「一応な」

授業中に寝ていたりするから、あまりやる気がないのかと思っていた。そういえば、小テストでも『やろうとしたけど眠気に負けた』というようなことを言っていた。

揃いの参考書を手にレジに向かい、会計をすませて店を出ようとして市来は足を止めた。

大きな書店の入口にはカフェがある。もはやパフェと大差ないスイーツなドリンクの看板が出ており、市来はたっぷりと五秒ほど見つめてから振り返った。

「……なんか飲んでく？」

なにをそんなに迷う必要があるのか。

市来とお茶なんて、嬉しいに決まっている。

当たり前に二つ返事の草也が「うん」と頷けば、今度は意外そうな表情を返されて、戸惑いつつ店に入った。

書店に隣接したカフェだからか、学習利用の客が多い。空いた表のテラス席に出た。看板のメニューに惹かれたわけではないのか、セルフの店で市来はアイスコーヒーを購入した。草也のほうがデザート系のバナナスムージーだ。

もう夕方近いけれど、日も長い季節で外は明るい。丸テーブルを挟んで座ると、ただ休憩にカフェに入っただけなのにデートみたいな感じがして、草也の単純過ぎる胸はまた騒ぐ。

実際、店内の混雑から逃れてきたらしいテラスの客はみんなカップルだ。

「やっぱこれ使いやすそうだな。同じのにして正解かも」

プラカップの緑のストローを咥《くわ》えつつ、市来は買ったばかりの参考書をパラパラと捲《めく》る。草也は吸引力を試されるような、重たいバナナのスムージーを吸い上げながら、ちらちらとその顔を見た。

新入生のときに一度助けてもらったくらいで、しつこく好意を寄せているなんて自分でも変だと思う。しかも、違和感ありまくりの男同士だ。

――そういや女子が言ってた。

ダイエットは長い時間かけてちょっとずつ理想に近づけるのが、リバウンドしないコツなんだとか。そうすると体が痩《や》せた状態を普通だと覚えるらしい。

ダイエットと恋愛を一緒にするのもどうかと思うけれど、一年近くかけて、ちょっとずつ『好き』を積んだせいで馴染んでしまったのかもしれない。

市来に、乙女のように胸をときめかせることに違和感を覚えなくなっている。

胸を占める感情が、とても自然に思えた。

草也は終わるその日まで、市来のことが好きで好きで、ずっと片想いをしていた。

「……夢みたい」

つい、ストローごとぽろりと唇から一言零してしまい、我に返った。

「え?」

「あっ、いや、嘘みたいだなぁって、市来と休みにこうしてるのとか……」

あまり大差なく、まるでフォローになっていない。それに、市来と天沢が友達なら、これくらいは普通だろう。

狼狽《うろた》える草也を市来は見つめ返し、目が合うとすっと視線を逸《そ》らした。

伏し目がちにテーブルへ視線を落とし、苦笑する。

「そりゃ、こっちの言うセリフだろ。乗ってくるとは思わなかった」

「え……」

もしかして、看板を見つめての五秒は、誘うか否かを迷っての葛藤《かっとう》だったのか。

天沢とはよく話をしているように見えても、学校に限ってなのかもしれない。

隣の空いた席に置いたバッグの中。草也が持ち歩いている天沢のスマホのラインの登録には、市来のアカウントもある。

けれど、二人がやり取りをした形跡は一つもなかった。

トークルームの履歴はゼロ。

「あー、でも前におまえと映画は一緒に観たことあったよな」

「えっ、そう……だっけ」

「忘れるか、フツー。まぁ、あんときはたまたま映画館で一緒になっただけだけど……あ、この例題、小テストに出たのと似てないか？」

「えっ、どれ？」

「これ。俺、これだけは全然わかんなかったんだよな～」

開かれた参考書を身を乗り出して覗き込むも、草也は『これだけ』どころか『どれもこれも』だった。

いつの間にか話題は数式に移って、軽く勉強会になる。そもそも、心を入れ替えてカラオケを切り上げたわけで、高校生の休日の使い方としては正しい。

日が傾くに連れて、風が出てきた。

視界で揺れる市来の髪に、草也は無意識にスンと鼻を鳴らす。風向きが悪いのかさっきの甘い匂いは嗅《か》ぎ取れないけれど、上目遣いで盗み見た男の顔に胸を高鳴らせる。

高い鼻梁《びりょう》の上で、さらさらと左右に行ったりきたりを繰り返す髪。伏せた眼差しは参考書に向けられたまま。

「なに？」

目線を上げることなくかけられた声に、草也は軽くビクリとなる。

気づかれてた。

「あ……前髪、邪魔じゃないのかなって。市来って、いつも長いね。伸ばしてんの？」

襟足《えりあし》はそう長くはないので、ロン毛という感じでも、無精《ぶしょう》で伸ばしている感じでもない。

「便利だから」

「へ……」

「授業中、寝るのに顔隠れやすくなるし」

まさかの理由に、きょとんと目を丸くしてしまった。一瞬の沈黙に、市来は余白に書き込みをしていたペンの動きを止め、顔を起こした。

「今、『そんな理由かよ』って思ったろ？」

「お、思ってない。意外だけど、似合ってるし！」

つい言葉に力が籠った。ただのフォローではなく思いっきり本心で、市来にもそれが伝わったのは、瞠《みは》らせた眸で判った。

「あっ、ちがっ、違う」

草也はしどろもどろになった。

「違うの？」

「あっ、いや、違わない。似合わないって言ってるわけじゃなくて……えっと」

「どっちだよ」

表情を緩《ゆる》めたかと思えば、市来はぷっと噴き出した。肩まで揺らしてクックッと笑う。

普段あまり上げない男の笑い声は、堪《こら》えようとしているからかちょっぴり変だけれど、笑顔は目元が優しい。

「市来はカッコイイよ。髪型だけじゃなくてそのっ、全体的に！」

声が上擦《うわず》るのも構わずに、草也は告げた。

野原草也ならば、絶対に言えなかった言葉。

なに一つ本当の気持ちを伝えきれなかったせいで、この世に居座るほど未練が残った。

だから今は正直でいたいなんて、終わった後の自分がこの世界で勇気が持てるのは、天沢の姿を借りているからだろうけれど。

それに、市来だって自覚くらいあるはずだ。

普段は無口で取っつきにくく、女の子が近寄りがたい市来だけれど、バレンタインにはチョコをたくさんもらったりしているのも知っている。そのうちの一人は、学年一の美女と噂の隣のクラスの女子だったことも。

ずっと、市来を見ていたから知ってる。

「……なにそれ」

ストレートに褒《ほ》めた草也に、市来の表情はすっと失せた。

じっと見つめても噴き出したりはせず、唇は硬く引き結ばれたまま。

空気が変わったのを、草也はさすがに察した。市来は参考書に視線を戻し、止まない風だけが前髪をゆらゆら揺らす。

日暮れがダイレクトに伝わるテラス席。日の陰《かげ》りを肌で感じ、少しして店を出た。

なにか不機嫌を露《あらわ》にされたわけでもなく、市来は二人分のプラカップを捨てたりと世話まで焼いてくれたけれど、気持ちはざわついたままだった。

「市来、なんか怒った？」

草也は意を決して口を開いた。

「なにが？」

「さっきの、俺変なこと言ったかなって」

「褒められて怒る奴なんていないわけないだろ」

「でも……」

明らかに様子が変だ。

少し歩道を歩いたところで草也が立ち止まると、市来も止まるしかなくなって振り返る。

「おまえ、律儀だからなぁ。一般論だろ、ありがとうな」

「そんな一般論とかじゃ……」

「ただ、俺はあんまり聞きたくないってだけ」

市来は苦笑いとしか言えない表情を浮かべた。

「まさか、それまで忘れたわけじゃないだろ？　俺がおまえに好きだって言ったの」

「……え」

息を飲めば、市来はさらに言葉を失うようなことを告げた。

「そんで、振られたのも」

驚きのあまり身を竦《すく》ませる。夕暮れの歩道はけして無人なんかではなく、駅から少し離れたこの場所も人が行ったり来たりしていたけれど、逆にたくさん居すぎて気にならない。人の流れの中、二人は身じろぎも忘れて互いだけを見ていた。

長い腕が伸び、草也の髪に触れる。

やや明るい髪色。市来ほどさらさらしていない、柔らかな髪を大きな手はくしゃりと撫でた。

「なに触らせてんだよ？」

自《みずか》ら触れたくせして、そんなことを言う。

草也は呼吸困難にでもなったみたいに、口を開きかけては閉じるを繰り返す。

「おまえ、最近変だろ。前と違う。前は俺のこと絶対褒めたりしなかったし、むしろ貶《けな》してたし、可愛げねぇなぁって思ってて、でも可愛いとこあるのも結構知ってて……あー、なに言ってんだろ、俺」

引っ込んだ手は、顔を覆《おお》った。長めの前髪だけでは足りないとばかりに、夕日も加わって赤くなった顔を市来は自ら隠した。

「とにかく、そういうわけだから、あんまり適当なこと言うなよ。つか、黙ってないでなんとか言え。気でも変わったかと……」

「す、好きって本当に⁉」

溜め込んだ感情が噴出するように、草也は上擦る声を発した。

——市来が好きだって。

ようやく動き出した思考は、動き始めた傍から停止する。

「天沢、おまえ……」

呼ばれて思い出した。今は心と体がイコールでなかったこと。

「あ……いや、ごめん」

草也は首を振って否定した。

——俺は天沢じゃない。


すごくちゃんとしてる。

それが天沢《あまさわ》の部屋の印象だった。

年頃の男子だというのに乱れたところがない。物理的に散らかってもいないけれど、精神的にも。寮とはいえ、いろんな意味で若さを持て余した男子高校生の部屋なら、エロ本の一冊くらい忍んでいたっておかしくないのに、なにもない。

完璧主義なだけでなく、潔癖症っぽい。あらゆる意味で、天沢奏《そう》はちゃんとしている。

だから、市来《いちき》の告白は受け止めきれなかったのかもしれなかった。恋愛に良いも悪いもないけれど、同性愛がマイノリティで一般的でないのは事実だ。

帰宅した草也《そうや》は、机に向かっていた。

市来とどうやって別れて帰ったのか覚えていない。ショックだったのは確かだ。

火葬で空へと運ばれたはずなのに、未練タラタラこの世にしがみついている草也は、地面にめり込みそうなほど落ち込んでいる。

でも、市来が天沢に惚れたのは極自然なことにも思えた。ちょっとアウトローがかった市来が、天沢とだけはよく話をしていたくらいだ。

『今日は岩橋《いわはし》たちとカラオケに行ったよ』

まるでノートにでも向かうみたいに、机にきっちり向かってスマートフォンに日記を残す草也は、一日の出来事を入力し始めた。

市来と偶然本屋で会ったところまでは詳細に記《しる》したものの、その先は手が止まる。迷った末に、書かなかった。

ただ過去の告白を自分が知ったというだけで、市来と天沢の間でなにかが変わったわけではない。勝手に告げるのは気が引ける……と言っても、最初から自分も本物の天沢も、市来にとっては同じ『天沢』なのだけれど。

『ごめん』

自分がそう声にした瞬間の、市来の淋しそうな表情が脳裏《のうり》に焼きついている。

「ごめん……なんて、俺だって言いたくなかった」

驚きのままに『俺も大好き!』なんて、言えたらよかったのに。

天沢が羨《うらや》ましい。綺麗な顔で、綺麗な部屋に暮らし、市来に想われている天沢が全力で羨ましい。

それと、ちょっとだけ憎らしい。

自分が全力で喉《のど》から手が出るほど欲しいもの、いらないなんて信じられない。

この世界は、知らないほうがいいことで溢れている。だから、普通は死んだらもうなにも知らなくていいようにできているのかもしれない。

草也は入力を終えても、なにをするでもなくじっと見つめたスマホを前に溜め息を零す。机に伏せようとして思い立ち、もう一度暗くなった画面に明かりを戻した。

日記の最後に添えた。

『天沢って、好きな人とかいるの?』

答えてくれそうにないから、『YES』『NO』と二択もつけておいた。


「火曜だ」

スマホのアラームの音楽が一小節《しょうせつ》と鳴らないうちに、草也は目を覚ました。

やや薄い壁の向こうでは、いつも平日は同じ時刻にセットしているらしい寮生の目覚ましベルの音まで聞こえる。草也の部屋だった右隣は空室のままだけれど、左には同学年の男がいた。

スマホの画面で確認してみても、確かに今日は火曜日だ。昨日は、天沢が登校しているはずで、頭上の壁のフックにも制服が丁寧にかかっている。

水色のネクタイの添えられた白シャツはパリッとアイロンが効き、グレーのズボンも折り目正しい。

制服に関しては、草也は一度天沢に怒られた。一日置きに互いが登校するということは、つまり前夜に草也が準備した制服を天沢は身につけて登校しなくてはならない。

『もっと気合い入れてアイロンかけろ！　誰が着て行くと思ってんだよ！』

思えばこの頃から、天沢は草也への言葉に遠慮がなくなった気がする。

他人とみなされなくなったのか。

かといって、家族というわけでもない複雑怪奇な関係、ストレートにオカルトだ。

起き上がった草也はベッドの端に腰掛け、緊張の面持《おもも》ちでスマートフォンを操作した。日記によると、昨日はこれといって特別なことはなかったようで、市来についてはなにも記されていない。

『天沢ってさ、好きな人とかいるの？』

草也の問いには、ＹＥＳにもＮＯにも丸はつけられておらず、『そんなこと、知ってどうすんだ？』とだけ書き添えられていた。

クールな天沢らしい。ホッとしたような肩透かしのような、なんとも言えない微妙な気分だ。

朝食はセルフのバイキング形式で自由だ。軽くすませて着替え、いつもの時間に登校する。『天沢』に声をかけてくれる生徒は、廊下の時点からちらほらと出てきて、教室に入ればピークだ。

「天沢、おはよう」

「おはよう！」

「委員長、おはよ」

「おはよう！」

「天沢～、ありがとう！」

「おはよ……」

次々と答える草也は、勢いで返そうとしてハッとなった。一人だけ挨拶《あいさつ》ではなく、お礼を言ったのはポニーテールの泉水《いずみ》だった。

「昨日のチョコ、美味《おい》しかったよ～ありがと」

「え、チョコ？」

「ホットサンドのお礼にくれたでしょ」

覚えがないけれど、言われてみれば日記にやり取りは記されていた。

気の利《き》く天沢が用意したのだ。

「あ、ああ……そうだった！」

「昨日のことなのにもう忘れてたの？」

「ははっ……」

バツも悪く席へと向かった。

隣席の市来は、いつもどおりにギリギリにやって来た。教室の後方の扉から入ってくる気配を感じれば、意識するあまり草也の背筋はピンと伸びる。

「おはよ……」

「天沢、昨日はありがとうな」

いきなりイレギュラーに返され、草也はすっかり動揺してしまった。

「えっ、またチョコのことっ？」

「チョコってなに？　昨日、俺が財布忘れて昼飯代借りただろ」

「お財布……えっと、そう……だったかな」

日記には書かれていなかった。天沢が書き忘れなんて珍しい。

「なんだ、忘れてたんなら踏み倒せばよかった」

「えっ……」

「嘘だよ。礼に今日は俺の奢《おご》りな」

席につきながら市来は笑い、からかわれたのだと判る。

「一日貸したくらいで、そんな……」

「まぁ、とにかくコレ」

折り畳《たた》みのシンプルな黒い財布から、市来は千円札を一枚抜き取った。受け取ろうとした草也の手は目測《もくそく》を誤り、伸ばしすぎてぶつかり触れ合った。

パッと引いて、今度はお札が落ちる。

「あっ、ごっ、ごめんっ」

意識するあまり過剰反応。一度だけならともかく、その後も『天沢』の挙動不審は続いてしまった。

昼休み。市来に誘われた学食で、『奢るから』『いいよ』『奢らせろって』の押し問答をオバチャンみたいに繰り返した末に、また券売機の前でお札を落とさせた。

賑《にぎ》やかな食堂の長いテーブルで向かい合った草也は、カレー皿と市来を前に項垂《うなだ》れる。

「今日はごめん。なんかいろいろ」

親子丼を載せたトレーを置いて座った市来は、笑った。

「天沢って、筋肉痛が遅れてくるほう？」

「えっ」

「いや、昨日はすごく普通だったのに、今日はなんか変だし……土曜のこと、やっぱ気にしてんのかと思って。考え過ぎか？」

考え過ぎではない。セルフで注《つ》いできてくれたグラスの水をテーブル越しに渡されれば、今度は倒しそうになってしまい、さすがに市来も苦笑いだ。

「俺、もしかして嫌われてるとか？」

「そっ、そんなことないよっ！」

むしろ好きすぎるゆえだったけれど、市来の困惑の表情は据《す》え置きだ。

口数も少なくなったものの、食事はどうにか無事に終わった。

二人は教室へと戻る。別棟から本校舎へ向かう途中、どこからか生徒の声は無数に聞こえながらも人気《ひとけ》はない渡り廊下で、市来は声をかけてきた。

「天沢、俺が告白したことは、もう気にしなくていいから」

「市来……」

「なんていうか、筋肉痛になるほど考え込んでくれただけでいいわ」

仰《あお》ぎ見た男の表情は静かだ。微笑《ほほえ》んでいるようにすら見えて、中庭を西から東へ吹き抜ける風に、さらさらと黒髪が揺れる。

「そうだった。飼育係だったの忘れてた」

唐突に市来は言った。

「えっ」

「先、教室戻ってて」

この高校の中庭では、まるで小中学校のようにウサギが飼育されている。昔、誰かが拾って持ち込んだウサギが、そのまま飼われるきっかけになったのだとか。

ひらと手を振り、市来は去っていく。特に急ぎ足というわけでもない後ろ姿。草也は少しだけ見送り、言われるままに教室に戻ろうとしたけれど、やっぱり変だと思った。

そもそも、ウサギはいても飼育係なんて聞いたことがない。

後を追うように小屋に向かった。十匹ほどが快適に暮らせるよう設《もう》けられた小屋は、のびのびと過ごすウサギたちが土に穴を掘りまくったりしている。

白や茶色、ぶちなどのウサギが転々と蹲《うずくま》る姿は、ふわふわの毛玉のようだ。

囲うフェンスの前に、市来はしゃがみ込んでいた。遠目に唇が動いたように見えたけれど、ウサギになにか話しかけたのか、ただの独り言なのか判らない。

一目で判ったのは、その横顔が淋しそうということだ。

「飼育係なんて嘘だよね？」

草也は声をかけた。フェンスには、『生物部以外、餌《えさ》やり禁止』の注意書きがついている。

「あったらいいのにな、ウサギ可愛いし」

こちらを見ないままの男の顔。

草也は声を絞《しぼ》り出すように言った。

「よく……わかんないんだと思う」

「……なにが？」

「だって、俺もおまえも男だし。好きとか嫌い以前に、断るしかなかった……気がする」

言葉がふらふらして、他人事《ひとごと》を語っているかのようだ。実際、天沢と草也は他人で、でも今は居候でも一人の人間の形をしていて。

「俺、市来と付き合ってみたい」

これは本心だった。

今はまだ、草也だけの気持ちでしかないけれど。

「な、なにか変わるかもしれないし。市来さえよかったら……週の半分くらいでも、火曜と木曜と土曜とか、そんなんでもよかったらっ……」

これではどちらが告白した側か判らない。

草也は必死だった。気が変わってくれるようにと願った。

市来はフェンスに片手の指をかけたまま、いつの間にか『天沢』を仰ぎ見ていて、半信半疑のように問いかけた。

「試してみるってこと？　それでいいの、おまえ？」

まるで、草也自身に問われているかのようだった。


土曜日。市来と出かける約束をした日は、指折り数える間もなくやってきた。

気持ちの問題ではなく、週三日のシフトの草也には、一週間が過ぎるのは瞬《またた》く間だ。

「おう」

駅前の待ち合わせスポットで片手をひらりと上げた市来は、そのままぼんやり突っ立っていたって長身で目立つ。

周辺の女の子たちもチラチラと窺っている。今日はネイビーのポロシャツにカーキのスリムパンツの綺麗めの服だ。ギンガムチェックのシャツを着た草也は、比べて子供っぽかったかなと心配になる。

そもそも、女の子でもない自分が市来と待ち合わせなんてと気後れするも、周囲の視線は自分のほうへも集まり、野原《のはら》草也ではなく今は『天沢』だったのを思い出した。

天沢にはまだなにも伝えないままだ。

言ったら即答で『ダメ』に決まっている。

今はお試し期間で、今日もただ一緒に出かけるだけだ。岩橋たちとのカラオケは無許可でオッケーなのに、市来は駄目だなんて話もないだろう。

そうだ、デートだなんてお互いに一言も――

「ごめん、市来っ、待たせたっ？」

「いや、俺も今きたとこ。映画でも行くかと思って、一応調べてたんだけど」

「映画!?」

映画なんて、まるきりデートだ。

そもそも行く先も決めないまま、休みに二人きりで会うなんて、それ自体がもうデート。

「天沢、どっか行きたいとこある？」

「ううん、どこでもいいよ。映画いいね！　えっと……二回目だよね」

「ああ。それで、おまえこれとか好きなんじゃないかと思って」

以前、偶然に映画館で一緒になったという話を思い出した。市来はそわそわした様子で、近くの映画館の上映時間案内をスマホで見せてくる。

市来がなんだか可愛い。

本当に好きなんだなと思う。

――天沢のことが。

「今からランチして行ったら、ちょうど良さそうな時間だね」

「じゃあ、チケット買っとく」

ランチは手軽なファストフード店に向かい、手際よくチケットも購入してくれた市来のおかげで、スムーズに映画も観られた。

ファンタジーな邦画だ。地球に遥々《はるばる》やってきた宇宙人の話で、侵略するでもアドベンチャーな展開が巻き起こるでもなく、地球人に紛《まぎ》れて不慣れな日常生活を送るというだけのハートフルなコメディ。

『へぇ、天沢ってこういう映画が好きそうなんだ』なんて思いながら鑑賞を始めたのに、途中からは草也自身がすっかり嵌《は》まり込んで観ていた。

「楽しかった～！」

「ああ、面白かったな」

歩道を歩きながら見下ろしてくる男の眼差しが優しい。『天沢』のお面を被《かぶ》っているのだから当然か。

草也はなんとなく、子供の頃に縁日《えんにち》の屋台で買ってもらったお面を思い出した。

大好きだった戦隊ヒーローのお面。被っていると自分もヒーローになれた気がして、胸を張って歩けた。

ただのプラスチックのお面なのに。

「食べるか？」

声をかけられ、草也は通りすがりのアイスクリーム店を食い入るように見つめていたことに気づいた。

「……え？」

「今日蒸し暑いしな。お、美味《うま》そう」

列もできていて、人気の店みたいだ。どのフレーバーがよさそうとかお喋《しゃべ》りしながら並んだ。

「市来、先にいいよ。まだ迷ってるから」

順番がくると、先を譲ろうとした市来に行かせる。選択肢の多い店ではとことん迷ってしまう草也ながら、市来と入れ代わりに注文する頃には、ようやく心も決まっていた。

一番人気の初夏のフレーバー、マスカットバニラ。ガラス越しに見たアイスのケースはもうほぼ底をついている。あと一人分くらいだ。

「マスカ……」

注文しようとしたところ、マスカットも言い終えないうちに、背後で男の舌打ちが響いた。後ろに並んだカップルも買いたかったらしい。テイクアウトの草也は急いで買い、出入り口で待つ市来の元へ向かった。

近くの公園のベンチを目指して歩き始めながら、市来が言った。

「タピオカミルクティ風アイスって、きっとタピオカ飲んだほうがいいよね」

「え……」

「いや、さっき並んでたときそんなこと言ってたのに、天沢買ったんだなぁと思って」

「う、うん、まぁ嫌いじゃないし」

草也の手の白いカップの中には、マスカットの爽《さわ》やかなグリーンではなく、ぼんやりしたミルクティ色のアイスが入っている。

「好きなの買えばいいのに」

公園に入ってすぐのベンチに並び座りながら言われ、呆れられたと思いつつ隣を見た。

「いや、天沢らしいなって。後ろの奴に遠慮して、欲しいの買わなかったろ？　優し過ぎなんだよ、おまえは」

「べつに優しいわけじゃ……」

天沢だったらそうかもしれないけれど、草也は単に人の顔色を窺ってしまうだけだ。臆病なだけ。『過ぎる』と言えば、確かにビクつき過ぎか。

弱さは自慢できるものじゃない。

落ち込みそうになる草也の前に、マスカット色のアイスが差し出される。

「ほら、俺の食えよ」

「えっ、いいよっ」

「俺もタピオカ風、食べてみたいから」

出されたカップに戸惑いつつも、はにかんだ男の笑みを目にすると嬉しくなる。

市来だって、優しいと思う。

そんなこと、草也は最初から知っていたけれど。

「あれ、意外とちゃんとタピオカだな……てか、よく考えたらマスカットだってマスカット風ってだけか」

感想を言いながらスプーンを口に運ぶ男の横顔をそっと見つめる。違う味にして正解だったかもしれないなんて。

市来とアイスをシェアしてしまった。

盗み見を咎《とが》めるように、ぽつりと冷たいものが草也の顔を打つ。

天を仰げば今度は額の真ん中を。

「あ、なんか降ってきたな」

空は午後からずっと曇《くも》っていた。

晴れたり曇ったり。梅雨《つゆ》入り宣言で雨の日も増えたり。草也がいなくなってからもこれまでどおりに天気はクルクルと変わり、季節は移ろって時を刻んでいる。

変な感じだ。

自分が終わった後に見る景色。たまにエンドロールの後におまけ映像の残されている映画があるけれど、あんな感じだろうか。

「本降りになる前に帰るか～」

隣で一緒に空を仰ぐ男の言葉に、このまま帰るのは淋しいなと思った。

もう少し一緒にいたいなんて、おまけの時間なのに欲深なことを考える。草也が透明なプラスチックスプーンで掬《すく》ったアイスを口に運びながら頷こうとすると、市来が言った。

「そうだ、俺の家来る？　こっから寮よりは近いし」

味を失いそうになったアイスも言葉も、急にひどく甘く感じられた。


駅前で寄ったコンビニを出ると、市来が「あれ」と煙る雨の中に建つマンションを指差した。住宅街でよく見るタイル張りのマンションにもかかわらず、草也は近づくに連れてドキドキしてくる。

コンビニで間に合わせに買ったビニール傘の、相合傘のせいかもしれないけれど。

「急に行ったら、おうちの人に迷惑じゃないかな？」と心配すると、「平気、今日誰もいないから」と返され、『二人きり』のオプションまでついて気持ちは落ち着く暇もない。

「あっ、べつに変な意味で誘ったわけじゃないから」

市来がようやく思い当たったような調子で言ったのは、マンションでエレベータを降りてからだ。

「わ、判ってるよ、そんなこと」

草也の口籠もりながらの説得力のない返事に、市来は「本当だから」と念を押すも、家に着いてみればすべては無駄になった。

「なんでいるんだよっ！」

鍵を開け、一足先に入った市来の声が玄関で響く。続こうとした草也は、開きかけた扉のレバーハンドルを握り締めたまま、身動き取れずに耳を澄ました。

「遊園地、中止になったの。ユウくんのママから電話があって、熱出ちゃったんだって」

「じゃあ、繭香《まゆか》と駿太《しゅんた》だけでも連れて行ってやればよかっただろ」

「また近いうちに一緒にって言われたのよ〜……なに？　家に居たらダメな理由でもあったの？　えっ、もしかして彼女っ？」

会話の母はようやく表の気配に気がつき、バッとドアを開かれた草也は、巣穴を不意に暴《あば》かれた小動物みたいに固まった。

一目で血縁を感じる母親だった。市来がもっと長髪にして、一つ結びにしたらこんな感じかなという、やや面長な顔のすらりと美しい人だ。

「あ……」

見つめ合う草也と母は、シンクロしたように目をパチパチさせる。

「お友達？」

「はっ、初めまして、のは……天沢奏《そう》と申します。いち……一馬《かずま》くんのクラスメイトです」

「まぁ、一馬にもお友達が！　しかもこんなに綺麗で可愛い……」

感心する母に、押し退《の》けられた市来が不満そうに零した。

「俺に友達いないみたいな言い方するなよ。中学んときも家に連れてきてたろ」

「あら、あれは彼女じゃない。別れちゃったみたいだけど」

「ちょっと、母さんっ……」

「ちょうどよかったわ〜。上の伊藤《いとう》さんから呼ばれてね。なにか用があるみたいで出ようとしてたところだったの。マユたちをよろしく」

「ええっ」

息子の戸惑いの声も虚《むな》しく、母親は「ごゆっくり」と草也に声をかけ、入れ替わりに出て行った。

「なんか……ごめん」

招き入れつつも、市来はバツの悪そうな顔だ。リビングへ入る間もなく、今度は妹らしき女の子がツインテールを揺らしながら廊下へ飛び出してくる。

「お兄ちゃん、おかえり！」

飛びついたというのが正しいかもしれない。

大きな黒目がちの眸《ひとみ》が印象的な美少女で、年はまだ小学校低学年くらいだ。

「わ……可愛い」

「……だれ？」

市来の腰にしがみついた少女は、「女の子じゃないよね？　友達？」と探る眼差しで草也を仰ぐ。まるで女の子だったら歓迎しないと言いたげだ。

きっと格好良い自慢の兄を奪われたくないのだろう。市来を好きすぎるという意味では仲間なので、気持ちは判る。

「友達だよ。繭香、ちゃんと挨拶《あいさつ》しろ」

「こんにちは。いらっしゃい」

「マユカちゃんって言うんだ。お邪魔します」

随分年の離れた妹だけれど、弟のほうはさらに幼かった。姿が見えないと思えば、ソファにうつ伏せ気味に伸びてぐっすりと眠っている。

まだほんの三、四歳くらいの男の子だ。

「なんだ、駿太は寝てんじゃないか」

「ちょっと前まで泣いて大変だった。遊園地に行けなかったからって」

「おまえも一緒にぐずってたんだろう」

「そっ、そんなことないもんっ！」

膨《ふく》れっ面《つら》に変わる妹はさらっと言い当てられてしまったようで、動じない兄はボディバッグから赤いリボンのかかったセロファンの包みを取り出した。

「これ、お土産《みやげ》な」

お土産を買っていたなんて気づかなかった。どんなときも家族のことは忘れないでいるらしい。照れくさいのか妹のふわふわした頬に袋をぎゅっと押しつける。

焼き菓子のようだ。

「タピオカミルクティ風クッキー?」

「持って帰れそうなの、これしか売ってなかったんだよ。アイス屋だし」

「アイスがよかった!」

「だから、溶けちゃうだろアイスは……」

言い合っているうちに、兄の声を聞きつけた弟が目を覚ました。

「にいちゃ?」

まだ夢うつつの弟は、身を屈《かが》めた市来がサラサラの髪を撫でてやると、ぎゅっとシャツの裾《すそ》を摑んで離さなくなった。

身動きの取れない市来は、弱り果てたような目をしてこちらを見る。

「なんか……ホントごめん」

詫びも二度目だ。

「えっ、全然いいよ」

「その辺、適当に座って。あと、繭香、お客さんにお茶出してくれ。朝作った麦茶があったろ」

「あっ、そうだこれ、みんなで食べようよ」

キッチンへ向かう繭香の小さな背に、草也は思い出して手に提げたコンビニ袋から菓子の箱を取り出した。

市来は「こいつらの分じゃないだろ」とひたすらに謝っていたけれど、二人が喜んでくれたのでよかった。妹が麦茶のグラスを運んで来る頃には、弟の駿太もしっかり目を覚まして和気あいあい。

母親が戻ってから、市来の部屋に引っ込むのも淋しく思えるほど楽しい一時だった。草也にも家族はもちろんいるけれど、もう草也としては会えない。

少し感傷的な気分を覚えつつも、市来の意外な一面が見られたのが嬉しかった。

「やっぱ、こんな家連れてくるんじゃなかったな。驚いただろ、家フツーだし、弟妹はチビだし」

シンプルなモノトーンの家具の部屋は、市来っぽい。ベッドの手前の黒いスクエアな座卓の角を挟んで座った草也は、くるりと周囲を見回し、輝かせたままの眸で応える。

「嬉しいよ、市来の家族に会えて」

「前にちらっと言ったと思うけど、二人とも再婚相手の子なんだ。俺は母さんの連れ子。父さんは今年も単身海外赴任のまんま」

「そうなんだ……二人ともお兄ちゃん大好きみたいだね」

「そりゃあ、俺も世話してるし。母さん、夜勤あるから結構大変で」

「えっと、お母さんは……」

「看護師だよ。今はだいぶマシになったけど、夜勤の度《たび》に駿太がぐずるから、寝かしつけんの大変で。繭香も、ああ見えてすぐメソメソし始めるし。おかげで、こっちは昼間眠いのなんのって」

「あ、もしかして、授業中によく寝てんのって……」

うっかり愚痴《ぐち》ってしまったらしい男は、ハッとなったように草也を見る。

前髪に隠れがちな双眸《そうぼう》が泳いだ。

「母さんには内緒な。言うと気にするから。自分のせいで俺が学業を疎《おろそ》かにしてるとかってさ。成績はちゃんとキープしてんのに」

「市来って、優しいんだな」

「べつに……あの人と父さんにはまだバリバリ働いて、繭香と駿太の学費も稼《かせ》いでもらわないとならないし。家のローンもあるし」

家族愛に感心する草也は、つい表情が緩《ゆる》んでニコニコと見つめてしまった。

根負けしたように、市来は言った。

「まぁ、賑やかなのは嫌いじゃないよ」

「……うん、二人とも可愛いしね。楽しかった」

『また来たい』とずうずうしくも言いかけ、草也は躊躇《ためら》った。

「でも……いいの？　俺と付き合ったりして……男だし。市来のお母さん、完全にただの友達と思ってたみたいだけど……繭香ちゃんだって」

「そんなの、みんなお互いさまだろ」

「え……」

「俺さ、天沢と違って遠慮がないから、好きなものしか選べないんだよね」

ふと真顔になった市来は、照れくさげに逸《そ》らしていた視線をこちらへ戻した。

「アイスも一番食べたいもの選ぶし、付き合うのも自分が好きな奴としか付き合えない。遠慮とか、周りのこと第一に考えるのが間違いだとは思わないよ。むしろ、それができる奴はすごいなって思うし……ただ、俺はできないってだけ」

本当に真《ま》っ直《す》ぐな男なんだと思わされた。

なにを考えているか判らないところがあったり、マイペースだったり。ときに斜《しゃ》に構えているようにも映る男は、ただいつも自分の気持ちに正直で、ストレートに表わしているだけ。

そして今、その眼差しが向けられているのは――

「なぁ、なんで今度はお試しでも付き合ってみようと思ったの？　それも遠慮か？」

「ち、違うよ。気持ちって……変わることもあるから。こ、これから変わるかもしれないと思って。俺も市来をもっと知ったら……」

——天沢も。

半分本当で、半分きっと嘘だ。

だって、まだ言えてない。天沢に、市来と付き合ってみることにしたのも。今日一緒に出かける約束すら。

「天沢、おまえがどんな気持ちでも、俺は付け入るのもいいかなって、今はズルいこと考えてる」

苦笑する男は、立てた片膝を身に引き寄せるような仕草をして言った。

「おまえに俺じゃ『釣り合わない』って突《つ》っ撥《ぱ》ねられて、あんとき諦めるつもりだったのにね。ホント、人の気持ちって結構簡単に変わるんだな」

「え……釣り合わないって？」

「おまえが言ったんだろ。忘れたなんて言うなよ、結構ショックだったんだから。つか、メチャクチャにショック……バンって、なんかでっかい雷でも落ちて、世界終わったみたいな」

受けた衝撃を伝えようとする男は、比喩《ひゆ》が過剰と思ったのか、軽く首を振って続けた。

「って、大げさすぎるか。でも……あの後、本当に雷落ちたんだもんな。明日って当たり前に来るとは限らないんだって、怖くなったよ」

『ひどいよ、あんな言い方をするなんて』

日暮れには本降りに変わった雨。

寮の部屋に戻った草也は、傘を差しても足元は濡れてしまった服を着替えもせず、スマートフォンを手にベッドの端に腰をかけた。

今日の出来事を綴《つづ》るアプリの日記。市来と会ったことも、その理由も勢いのままに書き込み、草也は天沢のあの言葉を責めた。

振るにしても、自分に惚れてくれた人に向ける言葉じゃない。そもそも、自分に釣り合わないだなんて傲慢《ごうまん》すぎる。

『天沢は頭がいいから、もっと言葉を選べる奴だと思ってた。いくら勉強できたって、必要もないのに……天沢にとってはあったのかもしれないけど、それでも必要以上に人を傷つけるようなこと言うなんて、ひどいと思う』

紙のノートではないので、何度も書いては消せるどころか、一発で消してしまうこともできる。ゴミ箱のアイコンに指でチョイと触れたら、日記はなかったことになる。

これまで、人の顔色を窺ってばかりの短い人生だった。感情の中でもハードルの高い怒りを人にぶつけるなど、草也にはもってのほかで、初めての事態だ。

しかも、相手は直接対決では勝ち目のなさそうな天沢。

「ダメだ、消したら。消しちゃダメだ、言わないとなにも伝わらないいんだから」

アイスみたいに簡単に諦めるわけにはいかない。放っておけば、また天沢は市来に暴言を吐かないとも限らない。

アイスならとっくに溶けてなくなっていそうなほど、両手で強くスマホを握り締める。

だいたい、怖いモノなんて今の自分にありはしない。死人に口なしどころか、死人に敵なし。肩をちょっと叩いたり、写真に写り込んだり、夜中に胸元に乗っかるだけで、誰でもどなたでも震え上がらせることができる。

——はずだ。たぶん。やってみたことはないけれど。

だって、寝てる人の胸に乗るとか怖い——ダメだダメだ、もう気持ちが負けてる。

「幽霊、なめんなっ！　ヨシっ！」

叫んだところで、ラインやメールではないので送信して完了、既読がついてドキドキというわけにもやはりいかず、気が変わりそうになる脆弱《ぜいじゃく》な心を宥《なだ》め続けなければならなかった。

こんなときは早く眠ってしまうに限ると、草也はパジャマに素早く着替えて布団を引き被った。

——ヨシ。

土曜日の次は火曜日。草也の特異な暦《こよみ》の上ではそうだ。

土曜の雨が嘘のように、外は晴れていた。

ヨシからの目覚めは清々《すがすが》しかったけれど、充電もバッチリのスマホを手にした草也は震え上がった。

『野原、俺にご高説《こうせつ》垂《た》れるなんて、百万年早いんだよ。

人の体でなに勝手なことしてんだ。市来には、おまえなんかなんとも思ってないって言っておく。むしろ嫌いだって言っておくよ。

つか、おまえ風呂に入らずに寝ただろう？

日曜は設備点検入るから、夜までシャワーも使えないって言われてたのに！』

怒りを示す絵文字が、その後はありったけの種類並んでいる。

目には目を、歯には歯を。というわけには綺麗好きの天沢はいかなかったようだけれど、洗面所へ急ぎ向かった草也は鏡を見てぎょっとなった。

「なにっ、この寝癖っ！」

パーマでもかけたのかと思うほど、見事な外跳ねだ。まさか直さずに登校したりはしないだろうと、地味な嫌がらせをしたに違いない。

天沢の思惑どおりにいかなかったのは、草也にドライヤーでのんびりブローをする気持ちの余裕はなかったことだ。バシャバシャと頭を濡らして馴染ませると、バタバタと制服に着替えて寮を飛び出した。

徒歩五分とかからない学校までは、走ればすぐに到着するも、校門は潜《くぐ》らず駅からの制服の生徒たちの流れを逆走する。

一刻も早く、市来に会って確かめたかった。市来の登校時間がそれほど早くないのは、駅前に着いてから思い出した。

大きな駅ではない。改札を通って出てくる、同じ学校の制服の男子を目で追いつつ、待ち伏せよりもラインをすればよかったと今更思い当たった。

でも、なんと言おう。

『昨日の俺が変なことを言いませんでしたか』って？　いきなり不審過ぎる。まずは『折り入って話があります』とでも言うべきか。余計にハードルが上がる。

改札をじっと見据《みす》えて葛藤《かっとう》していると、答えが見つかる前に待ち人が姿を現した。

目立つすらりとした長身。歩みとコンコースを緩く抜ける風にさらさらと揺れる髪。前髪の下の目は、今日も少し眠たげで。

「市来！」

草也が声をかけると、驚いた顔でこちらを見る。

「天沢……？」

どうしよう。伝えるべき言葉は、まだ少しも纏《まと》まっていなかった。

どうしよう。気持ちばかりが空回りする。焦りに目眩《めまい》を起こしそうなくらいにグルグルした末に、草也の口から飛び出したのはシンプルな思いだった。

「嫌いじゃないから！」

間違ってはいない。つまるところ、それを伝えたくて朝っぱらから飛んできたのだ。

『えっ』と面食らった男の表情に、草也は我に返ってボッと顔を赤くした。

男子高校生が同じく男子高校生に告白するような場所柄でも、時間帯でもない。

「ちょっ、ちょっとこっち」

狼狽《うろた》えて、長い腕をしがみつく勢いで引っ張った。朝の駅の周辺には、都合よく身を隠せる場所は駐輪場くらいしかない。

「天沢、どうし……」

「昨日、俺っ、おまえに変なこと言わなかったっ？」

「昨日？　特にはなにも」

「なにもって、なんにもっ？」

日記の内容と嚙み合わない。

でも、そう言えば、月曜にすでに市来には会っているにもかかわらず、天沢の言葉は過去形ではなかった。

「ああ、そういや……おまえ、土曜に観た映画の感想を訊いたろ？『市来の見解を改めて聞きたい』って、ちょっとびびった。そんな大層《たいそう》な感想ないし、『面白かった』くらいしか」

感想なんて、天沢は知ってどうするつもりだったのだろう。

草也は日記に市来と映画に行った事実は書いたけれど、タイトルまでは記さなかった。もしかして、天沢はなにを観たか知っておきたかったのかもしれない。

宙へ視線を彷徨《さまよ》わせる市来は言った。

「後は……そうだ、あのラインのスタンプってどういう意味だ？」

「ライン？」

送るべきか迷いつつも、まだ今日は一度もアプリを開いてはいなかった。慌ててトークルームを見ると、市来から土曜に弟妹と過ごしてくれたことへの礼のメッセージが届いていた。

その返事がスタンプ。

サーモン寿司二貫《かん》。澄まし顔で皿に並んだイラストのスタンプを目にした草也は、赤らんだ顔の血の気《け》が、波のように引くのを感じる。

意味不明にもほどがある。

「えっと……すっ、好きなんだサーモン！」

天沢はどうだか知らないけれど、草也の好物なのは本当だ。

もしや、髪の寝癖と同じで、地味な嫌がらせに天沢はシフト転換したのか。

「ご、ごめん、変なもの送って……寝ぼけてたみたいで」

「今も？」

「う、うん、まぁ」

駅で待ち伏せしてまで、昨日の自分の行動確認をするなんて、寝ぼけたではすまされない奇行だろう。

しどろもどろになる草也に、市来はなおも問い質《ただ》した。

「さっきの、嫌いじゃないって言ったのも？」

「それは……」

「『嫌いじゃない』ってさ、言い換えたら『好き』ってことかなって、俺わりと本気で思うんだけど」

引いた血の気が、また戻ってくる。

草也の頬はまたほんのり色づく。

やっぱり打ち寄せる波だ。草也の中でざわめく感情の大騒ぎとは反対に、高架下の駐輪場はひどく静かだった。

すでに満車で、新たな人が停めにくる気配もない。ひやりとした空気は、行儀よくいっぱいに並んだ自転車も、その手前に立つ制服姿の二人も包み込む。

「髪、濡れてる？」

市来の長い指が掬《すく》うように髪に触れ、草也はビクリとなった。

「寝癖、ひどかったから」

「ドライヤーかけなかったの？　奏って、しっかりしてるようで、抜けてるとこあるよな。可愛いっていうか」

ふふっと楽しげに笑う想い人の声。きっと目を細めて見つめているに違いない。市来の目に映るのが恥ずかしくて、草也は顔を俯《うつむ》かせた。

「……ごめん」

下を向くと、ぽろりと零《こぼ》れる。

抜けてるのは自分であって、天沢ではない。

「なんで謝るの？」

なにも知らない男の不思議そうな声に、罪悪感を覚える。草也がどうしても顔を上げられずにいると、困っているはずの市来が言った。

「じゃあ、俺も先に謝っとくかな。ごめん」

なんだかまるで判らなかった。

「え……」

興味を引かれ、顔を起こしそうになった草也の元へ、屈ませた身を市来は寄せてきた。

そよぐように掠《かす》める甘いシャンプーの匂い。

触れ合った唇は、ほんのりと温かかった。

好きって気持ちはどこからくるのだろう。

好きって気持ちは、どうやったらなくなるのだろう。

心臓が動くのを止めても消えなかった想いは、どうやったら。

夜、草也はいつものように日記を書いた。

『前略。天沢奏様、正直に言います。

俺は市来が好きです。

だから、ここにいるのかなとも正直思っています。たぶん、そのせいで天沢に憑《つ》いたんだと思う。ごめん。

すごく好きだ。市来はすごくいい奴だよ。天沢だって、よく一緒にいたから知ってるだろう?

いい奴だからって好きになれるとは限らないのはわかってる。でも、天沢はまだちゃんと市来と向き合ってないんじゃないかな。

なんとなくだけど、そう思う。だっておまえ、こっぴどく人を振ったりできる奴じゃないはずだから。俺のことだって突っぱねきれてないのに。』

実体のない霊を追い払うのは簡単でないとしても、天沢は自分に優しい。テストの点数が悪くて叱られはしても、『消えろ』『どっか行け』などの言葉は一度もメモにも日記にも書かれていなかった。

『とにかく、俺はこれからも市来と会うつもりだから。

俺、アイスは子供のときから好きだけど、カキ氷は冷たすぎて、頭がキンッてなるから苦手だった。ガリガリちゃんもフローズンも。でも夏っぽくていいなって、最近は思うようになって。最初は好きじゃなかったけど、だんだんいいなってなるようなこと、たくさんあると思う。おまえにだって』

画面の上で上下左右に動かし続けていた指先を、草也はぴたりと止めた。

「……違うな」

アイスごときの比喩で、天沢の心を動かせるとは思えない。

書いたばかりの文字を一文字ずつ後ろから消していく。つい力の籠った削除の長押しに、一息にすべてが消えてしまいそうになり、焦って画面から指を離した。

また続きを書く。

『とにかく、俺はこれからも市来と会うつもりだから。学校でも、学校以外でも。我《わ》が儘《まま》言って、ごめん。』

「……ごめんは余計か？」

書いては消し、入力しては削除し。ノートならとっくに消しゴムのカスと鉛筆跡だらけで、苦悩が滲《にじ》んでしまうところだ。

悩んだ末、草也は最後は思い切りよく書き込んだ。

『とにかく、俺はこれからも市来と会うつもりだから。学校でも、学校以外でも。市来に嫌いなんて言ったら、校内をハダカ踊りで一周する！　本当だから！』

恥は草也だって掻《か》きたくないけれど、市来と会えなくなるのはもっと嫌だ。

無意識に口元に手をやった。

思い出す。駅の自転車置き場で触れた市来の唇の感触とか、体温とか。離れた瞬間、ちょっと照れくさそうに笑った男の顔とか。

『好き』を少しずつ。自分が一年かけたように、積んでいけたらもしかして。

——天沢も市来を好きになってくれないかななんて。


木曜日。目覚めると、アラームを止めるのももどかしく、草也は日記のアプリを開いた。

意思疎通《そつう》が一日置きなんて、もどかしい。

几帳面な天沢は、昨日もしっかりと日記を書いていたけれど、ざっと目を通しても市来のことには触れられていなかった。

今後も会っていいとも、ダメだとも。最終手段のハダカ踊りについても。

便りがないのは良い知らせみたいなこと――あるはずがない。

『次の土日は実家に帰ることになった。泊まるから、土曜も俺に体返せよ。』

週末を外すと、市来にプライベートで会える機会はなくなる。頭のいい天沢らしく、物理的な妨害《ぼうがい》に出たのかと疑ってしまったけれど、ラインを見たら嘘ではなかった。

天沢の母親から、期末テストの前に一度帰るよう連絡が来ていた。天沢の母は、寮生活を送る息子が心配なようで、度々帰ってくるようにと言う。

『野原は帰らなくていいのか？　家の様子が気になるなら、帰ってもいいんだぞ。』

天沢は最後にそうも書いていた。

人……いや、幽霊の心配までするなんて、やっぱり天使か。

でも、『帰る』と言っても、草也は普通の帰省にはならない。天沢の姿で家に戻ったところで、クラスのお友達、律儀《りちぎ》な学級委員長が『お線香をあげさせてください』とやって来ただけになってしまう。

それに、家の様子を見るのは怖かった。

家族の哀しみにくれる姿は見たくない。目《ま》の当たりにして話ができても、草也としては励《はげ》ますことも、慰めることももうできないのだ。

「でも……案外もう落ち着いてるかも」

草也がぽつりと零したのは、登校途中。ボタボタと大粒の雨が叩く傘の下、学校の手前の小さな橋を渡っているときだった。

まだ梅雨《つゆ》は明けていない。昨日から降り続けていたのか、住宅街の小さな橋の下は、普段は水量も少なくほとんど枯れた川が濁《にご》った流れを作っている。

川縁《かわべり》の背丈のある草も流れに飲まれ、水面に浮いたり沈んだりを繰り返して溺《おぼ》れてでもいるかのようだ。ふと覗き込めば足が竦《すく》むのは、高さよりもその光景のせいだった。

水面にチラつく緑。

草也は昔、川で溺れたことがある。

小学校高学年のときだ。一人じゃなかった。夏に家族で行った山のキャンプで、川遊びをしていて兄弟で揃って溺れた。

二人を攫《さら》った川の流れは早く、水は夏とは思えないほど冷たく重たかった。無我夢中で手足をバタつかせても、沈んでいるのか浮上しているのかも判らないまま意識は遠退《とおの》き、気がついたら草也は岩場に偶然流れ着いていた。

一人だった。

びしょ濡れで呆然とへたり込んでいると、やがて駆け寄ってくる両親の姿が見えた。だいぶ遠くへ流されたようだった。

叫んでいた。二人とも必死で名前を呼んでいて、その声はずっと草也の耳に届いていた。

「陸《りく》!」

兄の名前だった。双子の。

飛びついて抱きしめようとした母の、驚きの表情が忘れられない。いくら他人には区別がつきがたいほど似ていても、母には一目瞭然の二人の違い。

「陸かと……」

あのとき、草也は母の落胆を感じた。

同じ顔でも、人懐っこい陸は明るく頭もよくて、学校では先生にも生徒たちにも一目置かれて頼られる自慢の兄弟だった。

草也はと言えば、そんな双子の兄に嫉妬する気持ちさえなく、「すごいなぁ、陸はすごいねぇ」と感心するような、空気みたいな存在だ。もちろん両親には愛されていたけれど、あの瞬間、目でも耳でも感じられなかった極僅《わず》かな愛情の差を感じた。

傘の下の草也は、ボタボタと鳴る雨音を聞きながら無表情に零した。

「やっぱり、母さんも学校のみんなみたいにもう忘れてるかも」

その後も変わらず、業務連絡のような日記を綴る日々は続いた。

市来については黙認《もくにん》することにしたのか、天沢はなにも言ってこない。嵐の前の静けさのようでもあり、戦々恐々《せんせんきょうきょう》としつつも、待ち遠しく迎えた約束の土曜日の朝。

数時間後には会えるはずの市来から電話が入った。

『ごめん、まさか俺まで来いって急に言われるとは思わなくて』

「いいよ、いいよ。先週はほら、俺だって実家に帰ってたんだし。市来もおじいちゃん喜ばせてきなよ。孫が三人揃って来てくれたら、絶対嬉しいって！」

天沢が実家に帰った翌週。次の土曜日は出かける約束をしていたけれど、当日の朝になって市来の都合が悪くなった。

父親の実家で、祖父の古希《こき》を祝うそうだ。

『でも、ドタキャンなんて、ホント悪い。せめて、母さんが昨日のうちに言ってくれたらよかったんだけど……最初は、久しぶりにチビたちの顔を見せに遊びに行くってだけの話でさ』

電話に出た草也は、ベッドの上にパジャマで正座というなかなかにシュールな格好で話をしていた。

心配になって問う。

「それより、電話しててていいの？　出かける準備とか……」

『まだ全然だよ。母さん、夜勤明けで寝てるし。昼から行くって』

「そっか、ならよかった」

ラインでは気づくのが遅れると悪いと思って、わざわざ電話をくれたのだろう。

『そっちは？　もしかして、まだ寝てた？』

「大丈夫だよ。もう起きてたから」

本当言うと目覚ましのアラームが鳴ったばかりで、二度寝の誘惑に負けてうとうとしていた。けれど、市来はもう起きているものと思っていたらしい。

『天沢は休みもいつも早起きだって言ってたもんな』

草也は大して早起きでもなく、言った覚えがない。最近か随分前か判らないけれど、天沢が話したのだろう。

ふと、自分の知らないところで、天沢がどんな様子なのか気になった。

市来が別人を疑わない程度には自然なのか。最近雰囲気が変わったと言われても、曜日ごとにクルクルと変わっているとまで気づかれた様子はない。

「あのさ、市来……最近、俺ってどう？」

『え、どうって？』

言葉選びの下手な草也の探りに、市来は一瞬困ったように黙り込んでから応《こた》えた。

『可愛いけど』

「えっ、あっ……そっ、そういう意味じゃなくて……ていうか俺、可愛いの？　あっ、そうか、どっちかって言うと可愛い系入ってるかな」

ボッと体温が上昇した。寮の部屋は狭いながらも空調が効いているにもかかわらず、一気に室温が変わった気がする。

電話の向こうで市来が噴き出した。

「それ自分で言う?」

「たっ、ただの一般論だよ」

一般的に見て可愛いなんて、個人の主観よりも、なおさら自信過剰だ。

動揺の収まらない草也は、自分でもなにを言っているのか判らなくなった。

「い、市来だって、カッコイイし」

『え……そうか?』

互いに『可愛い』『カッコイイ』と褒《ほ》め合いだなんて、お試し期間どころかすっかりできあがったバカップルみたいだ。

草也はスマホを耳に押し当てたまま、ベッドにころりと転がった。

市来の声は、程よい低さで心地いい。

耳を澄まして聞き取ろうとすると、思いがけないことを言われた。

『そういや最近って言えば……あの映画、もしまた行くなら俺も誘ってくれよ』

「え?」

『気に入ってリピートしてるみたいだったから』

「リピートって、あま……俺がまた観に行ったってこと?」

知らなかった。日記にはなにも書かれていない。

『違うのか？　前は「内容はよく覚えてない」って言ってて話が噛み合わなかったのに、すごい語ってきたからてっきり』

「あ……それは行ってるかも」

『かもって』

「行った！　ごめん、えっと……そう、内容思い出したくて！」

『べつに謝ることないけど。どうせなら俺も一緒に行きたかったってだけ。さすがに天沢も三回は行かないか』

「ははっ……」

自《みず》ら語《かた》るほど映画に詳しくなったのは、確かに天沢も観に行ったからだろう。どうして。ただ興味を惹かれ、面白そうだと思って観たのなら、普通に日記にも記せばいい。もしかして、記憶を共有したかったんだろうか。

――天沢も市来と。

『あー、動物園はどうする？　俺は明日でも大丈夫だけど、天沢は日曜は出かけるのダメだって言ってたよな』

草也は天井を見つめ、二、三度瞬《まばた》きをしてから応えた。

「いいよ、日曜」

日曜は天沢の曜日だ。草也は行けなくなるけれど、天沢自身が出かけてくれれば、二人の距離は縮まる。

『アリクイの赤ちゃん見たいって言ってたもんな。小さいうちは一瞬だから……天沢？』

「あ、うん」

『本当に明日で大丈夫か？』

「いいよ、本当に。でも、もし俺が行かないとか言い出したら……どうしても、行けなくなったときはごめん」

先に謝っておく。

でも、天沢は断らない気がした。二人で観た映画を知るために、映画館にまで足を運んだ天沢なら、きっと。

「じゃあ、明日」

草也に明日はないけれど、そう言って通話を終えた。

アリクイの赤ちゃんは、どうしても見たければ放課後にでも一人で動物園へ行けばいいだけだ。天沢が一人で『行ったはず』の映画を観賞したように。

どうにか自分を納得させ、草也は暇になった土曜は日記を書く以外は勉強をした。授業についていこうと、参考書は今は数学以外も購入していて、真面目な高校生をやっている。

夜はお風呂でさっぱりした後は、早めにベッドに入った。動物園を回るのに寝不足はしんどいだろうから、たくさん眠っておくに限る。

眠って、目が覚めたら次はもう火曜日。

いつものように新しい週が始まっている。

目を閉じる。朝が来る。

棺《ひつぎ》に入ったときみたいな綺麗な寝姿の草也は、目覚ましのアラームが鳴る前にぼんやりと目を開いた。

静かな朝だった。隣室からジリジリと目覚まし時計の鳴る音が聞こえてきたりもせず、無音に感じられる部屋は、この世界のどこからも人がいなくなってしまったかのような静けさだ。表の路地を走り抜ける車の音がして、なんとなくホッとした。ほとんど習《なら》い性《しょう》で枕元のスマホを探って、画面を確認する。

『六月二十六日（日）』

日曜日だった。


『これ、欲しいって言ってたやつ』

水曜日の三時間目は体育だ。授業前の着替えに教室はざわめき、気乗りのしない草也《そうや》もそろそろと立ち上がりかけたところ、市来《いちき》からのラインが届いた。

動物繋がりなのか、猫の絵文字が語尾についているけれど、写真は動物園で撮影したアリクイの赤ちゃんだった。

母親の背中にモモンガのように両手足を広げてぴたっと張りついている。小さくても鼻の長いアリクイのルックスなのが、ユーモラスで可愛かった。市来の撮った写真は上手かったので、送ってほしいと言っていたのだ。

日曜日は、結局草也が一緒に動物園へ行った。

朝目覚めて状況に戸惑いつつも、その日は市来と出かけられる喜びのほうが勝った。動物園行きを知って休みを譲ってくれたのなら、市来との付き合いは天沢《あまさわ》公認とも受け取れる。

けれど翌日、月曜日も草也は目を覚ました。

火曜も、水曜も。天沢は戻らず、公認どころかストライキで雲隠れした可能性さえ出てきた。

隣席からラインを寄越した男は、見ればもう体操着に着替え終えようとしていて、草也も慌てて立ち上がる。

目が合うと優しく笑まれて……草也の目にはそうとしか見えず、舞い上がったり沈んだり、晴れたり曇《くも》ったりと気持ちは忙しい。

浮かない草也は、あまり運動が得意ではなかった。体育の授業は二時間とも天沢の曜日にあるので、体育自体もう四ヵ月くらいのブランクがある。草也が健在だった一年生の頃から数えてだ。

休日のお父さんが予定外の運動会に駆り出されたような心境だった。

しかも、チームプレーや用具遣いで身体能力を補《おぎな》えない陸上種目。タイムをそれぞれ計るというから、実質学期末を意識した体力テストだ。

学校では市来とはいつもべったり一緒に行動しているわけではなく、グラウンドで始まった授業は班分けも違った。

「手足の長い奴はいいよな〜。それだけでもう有利じゃん。ハンデくれよ、ハンデ」

五十メートル走の順番待ちで並んでいると、後ろの岩橋《いわはし》が言った。

目線の先はトラックのハードル走だ。市来がまさに今走り出したところで、一つ目のハードルを楽々と越えていく。

「わ……」

思わず声を漏らしてしまった。次々とスピードを上げてハードルを越える走りは、陸上部かと見紛《みまご》うほどフォームに無駄がなく美しい。

後ろではまだ岩橋が「足が短いほうが有利な競技なんてない」と、愚痴《ぐち》を持論に替えていたけれど、恋する草也の耳には素通りだった。白シャツに紺のハーフパンツの有り触れた体操着姿すら、市来というだけで特別に映ってしょうがない。

一瞬でも、久しぶりの体育に感謝しかけたところ、現実にぐいと引き戻された。

「おい天沢、俺らの番だぞ」

「……え」

『天沢』の走りを披露《ひろう》する番だ。

プレッシャーが半端《はんぱ》ない。野原《のはら》草也だった頃は、誰にも期待も注目もされずにすんだけれど、なんでもできて当然の委員長ではそうはいかない。

被害妄想、いや自意識過剰も多分に加わり、グラウンドのそこら中から熱視線を送られているかのような錯覚。メンタルがすでに盛大に負けている。

大丈夫。自信を持って走れば大丈夫。

心は野原草也でも、体は天沢奏《そう》だ。身体能力を信じろ。幽霊に怖いものなし。

――ヨシ。

位置についた草也は、合図と共に走り出した。

右足、左足。ちゃんと飛び出す。走り方はみんなと同じ、子供の頃に覚えたとおりだ。

大した理由がなくても、子供はよく走る。

双子の兄とは、公園や川縁《かわべり》の土手を小学校の帰りに走り回っていた。背中の記憶が残っているから、やっぱりいつも自分のほうが遅かったのだろうけれど、あの頃はそんな細かいことは気にせずに走れた。

今も、走った。ゴールした草也は、しゃがみ込みそうになるのを堪《こら》え、ガクつく膝《ひざ》をぎゅっと摑んで、自分のタイムを読む声を聞く。

走者は二人ずつだ。並走《へいそう》した岩橋が、同じく荒い息で言った。

「すごいな、おまえ自己ベストじゃね？」

「えっ、今のがっ？」

「あんま走るの得意じゃないとか言ってなかったっけ？　シンプルに走るだけのスポーツって、工夫でどうにもならないから苦手ってさぁ」

なんだかんだ言って、天沢も自分と似たり寄ったりの考えだ。

というか、天沢よりも速く走れてしまった奇跡。

「やった……って、喜ぶところなのかな」

草也は信じられない思いで呟く。

むしろ、その後の『工夫でどうにかなるはず』の用具を使った種目のほうが、運動不足でどうにもならなかった。ハードルは倒しまくり、天沢になりきれないながらも、無事に授業を終える。

ホッと一息、教室へ戻ろうとしたところ、今度は昇降口で島本《しまもと》に声をかけられた。

「委員長ぉ！」

また、なんのおねだりかという甘ったれた声だ。小テストで共に撃沈、草也は役に立たなかったというのに懲《こ》りない。

本物の天沢に何度も助けられた経験が、がっちりとイメージに残っているのだろう。成功体験ってやつだ。

「な、なに？」

「委員長、土日ヒマ？」

「え、土曜はちょっと。日曜は判らないけど……」

「放課後でもいいよ！　期末前に、数学教えて欲しいところあんだよ～。こないだの小テストから、判んないまんまでさ」

「えっ……あ、そうだった、期末……」

一難去って、また一難。夏休み前の試練、来週には学期末テストが待ち受けていた。


『前略。天沢奏様、今年も梅雨明《つゆあ》けは早まるみたいです。ご承知のとおり、あと一週間ほどで期末テストが始まりますが、いかがお過ごしですか？』

寮に戻った草也は、夕飯の時間も忘れて机に向かっていた。いつものように、スマートフォンを手にじっと見据えているのは、あの日記アプリだ。

「……ダメだ、意味がない」

どう媚《こ》びた日記を書き込んだところで、天沢に伝わるとは思えなかった。そもそも、日記は前日の出来事を伝える手段であって、どこをフラついてるか判らない魂に声を届けられるほど優《すぐ》れものではない。

五月の中間テストは、すべて天沢が受けた。体裁《ていさい》を気にする天沢が、成績を無視して期末テストを自分に丸投げするなんて信じられないけれど、戻ってくる気配がないから不安は募《つの》る。

市来とのこと、やっぱり怒ってるんだろうか。

映画の件で、天沢も市来に歩み寄ろうとしているなんて感じたのは、勘違いだったのか。

淡い期待で待ち続け、テスト当日になって、雨乞いならぬ必死の天沢乞いをしなくてはならなくなるのは避けたかった。

残された手段は一つ。

「……試験勉強、今の俺にできるかな」

五十メートル走は、七秒足らず。必死で足を動かせばゴールに辿り着けたけれど、テスト勉強はその何倍も何万倍もがむしゃらに走り続けなければならない。

一週間ほどで天沢の成績に近づくなんて、必死に必死を重ねても無理かもしれない。

けれど、頑張ってみようかなと思った。恥ずかしい成績では、ますます天沢が戻りづらくなってしまうし、なにより五十メートル走で力を出し切れたので、ちょっとは自信もついた。

草也は日記に縋《すが》るのを諦め、潔《いさぎよ》くスマホをオフにする。

代わりに、教科書と天沢の書いたノートを引っ張り出した。

最近は予習復習を続けていたから、自分の曜日の科目はそれほど恐れないですむ。問題の天沢の担当科目——恐る恐る開き見たノートは、カラフルなマーカー使いのせいか、ぱぁっと要点が目に飛び込んできた。

「あ……判りやすいかも」

天沢の字は、草也のちまちまとした自信のなさげな文字と違い、書き方見本にでも使えそうなほどきっちりとしている。

読みやすいだけでなく内容もよく纏《まと》まっていて、なによりもすっと沁《し》み込むように草也の頭に入ってきた。


水曜日の次は木曜日、木曜日の次は金曜日。土日を挟んだ月曜日は、新しい週が始まっただけでなく、七月も本格化して期末テストも間近に迫った。

草也は毎日目覚めた。

急に二倍の密度を増した日々ながら、目的を持つと一週間は瞬《またた》く間に過ぎ去る。

迎えたテスト本番。天沢とはバトンタッチもできないままだったけれど、草也は動揺もなく四日間のテストを完走し、目も当てられないほどできない教科はなかった。

土日も返上《へんじょう》したのだから、やればできる子……いや、やればできる幽霊に生まれ変われなければ困る。

市来に会うのも我慢した。『テスト勉強がヤバイ』と言ったら、『一緒に勉強する?』と誘ってくれたけれど、浮つく気持ちを諌《いさ》めて『一人で頑張ってみる』と答えた。

終わったからと言って安心できない。気になったのはやっぱり数Ⅱだ。小テストのときとは比較にならない伸びとはいえ、ちょっとやそっとの結果では満足できないほど努力した。

木曜日。授業で返却された答案を、名前を呼ばれて受け取った草也は思わず声を上げた。

「や、やったっ！」

小声あるいは心の内のつもりの声は、静まり返った教室によく響いた。否、草也の上げた声に驚き、水を打ったように静まった。

クールな優等生の天沢は、テスト結果で一喜一憂するようなキャラじゃない。

喜びが抑えきれなかった。

「はぁ、嬉しいなぁ……」

昼休みに入っても、しみじみと余韻に浸《ひた》る草也に、隣席の市来は微笑ましいものでも見るみたいな眼差しだ。

「天沢、よかったな」

「えっ、なに、もしかして天沢、ついに満点獲ったのっ⁉」

席の近い岩橋がすぐさま近寄ってきて、しまおうとした答案を覗き込まれる。「えっ」という反応だ。

「いや、良いけど、俺よりずっと良いけど！　天沢にしては普通じゃない？　いつもどおりっていうか、むしろ……」

その後の言葉は、賢明に飲んだようだ。中間テストに比べると、一、二問の差だけれど外してしまい点数は下がった。

けれど、自力で頑張った結果と思うと、素直に嬉しい。努力すれば報《むく》われるって言葉、今になって体感できるなんて。

「ていうか、委員長もテストの点数ごときで喜んだりするんだ〜？」

島本までもが話に加わる。

「嬉しいよ。今回、すごく頑張ったから！」

素直な言葉と弾《はじ》ける笑顔に、周辺の席の生徒もこちらを見る。

「なんか……意外。つかヤバイ、親近感湧く」

「わかる〜それ！　委員長、なんもしないであの点数なのかと思ってたわ〜」

「そうそう、手足長い奴みたいな。こっちにハンデ寄越せっていう」

意気投合し、「天沢、人間だったんだ〜」と頷き合う二人に、これまた周りも同調したように見える。

「当たり前だろ。俺は知ってたよ」

隣でぼそりと市来が言ってくれたのを、草也は聞き逃さなかった。

放課後、夏休みまであと少しで、気分はどこまでも晴れやかだった。

梅雨明け宣言の出たばかりの晴れ空も、やけに高く澄んで映る。寮にそのまま帰るのももったいない気がして、「本屋に寄ろうかな」なんて言い訳をして市来を駅まで送ることにした。

駅まで真っ直ぐ向かうのも惜しくなって、結局二人で公園に寄った。

自販機のジュースを選んでいるときだ。

「えっ、俺、臭いっ？」

突然、旋毛《つむじ》の辺りに鼻先を近づけてきた市来にぎょっとなる。

「まさか。いい匂いがする。奏がいるなと思って」

「なにそれ……」

テスト明けでテンションがおかしいのは、自分だけではなかった。しばらく学校以外では会っていなかったので、ベンチに並んでジュース一つ飲むのも、特別な時間に感じられる。

「い、市来のほうがいつもいい匂いするよ。シャンプー？」

さり気なく問うと、市来は首を傾《かし》げて自《みずか》ら髪の匂いを嗅《か》ぎ取るような仕草をして応えた。

「ああ、これ。そんなに匂うか？　妹の好みで買ってるシャンプー。目に入っても沁《し》みないとかいう、子供向けなんだけど」

「えっ、そうなのっ⁉」

子供用の甘い歯磨き粉《はみがこ》とか、そういう類《たぐい》なんだろうか。言われてみれば、ストロベリーの香りにも似ている気がする。

「嗅いでみる?」

「い、いいよ」

市来が気がついていないときはクンクンやっていたくせして、ふるふると首を横に振る。からかった市来は声を殺して笑い、草也は膨《ふく》れっ面《つら》をしつつもそれさえ楽しんでいた。

市来は無糖の缶コーヒーで、草也は夏だけは飲むサイダー。

ジュース一本分の他愛《たわい》もない時間。夏休みの話をした。家に誘われ、草也は市来との約束がまたできたことを嬉しく思いながら帰路《きろ》についた。

いつの間にか夕焼け空に変わっていた。明日もきっと晴れ。そう思わせてくれるほどの美しい夕映《ゆうば》えの空にもかかわらず、ふっと雨雲でも見つけたみたいに不安に駆られる。

理由は判っていた。

歩道は人気《ひとけ》もなく、小さな橋のところで足を止めた草也は、ほとんど干上《ひあ》がった川には目もくれずに空を仰いだ。

「天沢」

声をかけてみる。

「テストさ、俺にしては良い点数が取れたよ? 頑張ったんだ。だから、天沢も……」

——って、これじゃまるで天沢のほうが死んじゃったみたいだ。

「……なにやってんだろ、俺」

ふわふわしていた気分は失せ、溜め息を零《こぼ》す草也は寮まで急ぎ足になった。

いつものようにするっと入るつもりが、玄関口では寮母の中年の女性が靴箱の掃除をしていた。寮は入口で靴を脱ぎ、中は土禁でスリッパだ。

「あ、おつかれさまです」

「ああ天沢くん、おかえりなさい。ちょうどよかった。靴の整理させてもらってるんだけど。いらないのがあったら言ってね」

「あ……はい」

「こっちの靴箱は、天沢くんので合ってる？」

手渡された靴の箱には、冷蔵庫のアイスと同じ文字で『天沢』とマジックで書かれている。蓋《ふた》を開けて確かめ、ドキリとなった。

「違ってた？」

「いえ、僕のスニーカーです」

靴箱はそのまま置かせてもらい、見つけたものを二階の部屋に持ち込んだ草也は、悪いことでもしたみたいに心臓をバクバクさせていた。

手に握り込んだ、銀色の小さな鍵。

一目で判った。開かずの袖机《そでづくえ》の鍵だ。

天沢との信頼関係は壊したくない。しばらく悩んだけれど、戻るきっかけが見つかるかもしれないと思うと我慢できなかった。

もしも万が一、エロ本の類でも入っていたら、見なかったことにしよう。

「え……」

袖机の引き出しはすんなりと開いて、パッと目に飛び込んできた中身は本だった。

エロ本でも、漫画でもない。ずらりと本棚のように綺麗に並んだ背表紙は、無数の参考書だ。

引き出しに入っていたっておかしくはないけれど、隠す理由が見当たらない。

もしかして、参考書はカムフラージュで中身が——なんて疑いパラパラと捲《めく》っても、どれも本物の参考書。

教室でのみんなの会話を思い返した。

隠したいのはたぶん、人並み以上に勉強をし、努力をしているという事実。

意味が判らない。どうして、そこまでできる人間を装《よそお》おうとするのか。

努力知らずの天才などそうそういない。勉強したからこそ、結果を出せて嬉しいのも草也は知った。「頑張った」と素直に言えて嬉しかった。

「普通の人間でいいじゃん。市来だって、認めてくれてるのに……こんなことしてたら、天沢おかしくなっちゃうよ」

弱みを見せない奴は、格好いいのかもしれない。すごいと、みんなに思ってもらえるかもしれない。

でも、そうしたら本当の天沢は誰が知ってくれるのだろう。誰にも知られない本当の天沢は、淋しくはないのか。

「あ……」

いくら捲ってもフェイクなどではない参考書を、次々と手に取り続けた草也は、引き出しの奥にあるものに気がついた。手のひらサイズの薄い箱だ。

元は菓子でも入っていたような小さな箱を開け、数秒見つめて呟いた。

「……うそ」

中身は小さな紙切れ一枚。

映画の半券だった。去年のヒット作で、草也もよく知るファンタジーな洋画は、市来が偶然一緒になったと話していたあの映画に違いなかった。

小箱の中。鍵のかかった引き出しの中。たかが映画の半券が捨てずに残された意味を、草也は数秒で理解した。

参考書を無造作に積み上げた机の前で、小箱を両手で握り締めて放心した。思い当たって、制服のポケットからスマートフォンを取り出したのはしばらく経《た》ってからだ。

眩《まぶ》しい。部屋が暗くなり始めていたのを、灯《とも》した画面の明かりに気がつく。いつもの日記のアプリを開いて、あれはいつだったかと、頭を巡《めぐ》らせつつ指を動かした。

「……あった」

六月の始め。市来に本屋で声をかけられて、告白を知ったあの日に自分が書いた日記。

『天沢って、好きな人とかいるの？』

天沢が答えるはずはないと知りつつ、抑《おさ》えきれずに書き込んだ。あのとき、まともな返事などなかった問いの二択に、いつの間にか印がついていた。

ＹＥＳの文字を、赤いラインマーカーがぐるりと囲んでいた。


『奏にぃ、どうして帰れないの？　去年はすぐ帰省してたのに』

天沢の妹からのラインに、草也は戸惑った。母親にもずっといい返事ができていないせいで、頼まれた妹が送ったに違いない。

始まった夏休み。これからひと月以上もあるのに、帰らないのは不自然だ。代わりに自分が帰省しても、バレる確率は限りなくゼロに近いだろうけれど、気が重いのも確かだった。

そもそも、天沢しか帰っていない実家の住所を詳しく知らない。調べるところから始めなければならず、家族に手っ取り早く『家、どこ？』なんて訊けるはずもなかった。

「こないだ帰ったばかりだし、約束とかもいろいろあってごめん」

草也はなるべく無難そうな言葉を選んで送る。

『彼女できた？』

すぐに返ったメッセージに、ドキリとなった。『ハズレ』『連絡する』のスタンプの連投でどうにか凌《しの》ぎ、一瞬で既読がついてドキドキしたけれど、それ以上の返事はなくてホッとした。

草也は手のひらに汗を覚えつつ、握り締めたスマートフォンを見つめる。

終業式から三日。未だ戻らない天沢のことをずっと考えている。

天沢は、どんな思いで日記を書いていたのだろう。市来が好きだと臆面《おくめん》もなく言い、市来とこれからも会うとずうずうしくも言い放つ自分に、どんな思いで過ごしていたのか。

あの日記の赤いラインマーカーの意味。映画の半券一つで、判ってしまった気持ち。

天沢も本当は市来を好きだと知ったら、市来と自分の関係を拒否しきれなかった理由も少しだけ判る気がした。

二度も三度も、好きな人をこっぴどく振るなんてできるはずがない。

天沢も、自分みたいに日記を書いたり消したり繰り返していたのかもしれないとも思った。何度も言葉に迷っては書き直し、最終的に残ったのが、『触れないでおく』という消極的な選択だったのかも。

自分は、まだ天沢のすべてをきっと知らない。

「はぁ、なんか今日もうるさくてごめんな？」

急に開かれたドアに、ぼんやりしていた草也はビクンと身を竦《すく》ませた。

溜め息を零《こぼ》しつつ入ってきたのは、この部屋の主である市来だ。

「あっ、悪い、急に」

「ううん、市来の部屋だし」

誘われて、夏休みに遊びに来た。

二度目の市来の部屋。草也は以前のように座卓の前で、勧められた夏らしいブルーのリネンのスクエアクッションの上で膝を抱え、体育座りでスマホを見ていた。

「繭香《まゆか》ちゃんたち、買い物行ったの？」

「ああ、うん。昼から行くって言ってたのに、母さん出ようとしないんだもんな〜。チビたち、こないだ天沢に構ってもらったからすっかり調子に乗っちゃって」

「二人とも仲良くしてくれて嬉しいよ」

友達でもできたかのように草也は言う。市来はカップアイスを差し出しながら隣に座った。

「これ、お詫《わ》びな。冷蔵庫にあったやつで悪いけど……」

「SOWアイス、好き！　すっきりしてるのに牛乳のまったり感もあって、美味《おい》しいよね」

「チョコとバニラ、どっちがいい？」

「どっちでもいいよ」

にこりと笑んで答えるも、市来は草也の顔を見つめながら、試すように出したり引っ込めたりを繰り返した。

「んー、天沢はこっちかな。いや、こっちか？」

「本当にどっちも好きだって」

「じゃあ、半分ずつだな。おまえ、欲しいものすぐ我慢するとこあるからなぁ」

木製のヘラのスプーンを手渡し、ペリッと蓋《ふた》のフィルムを剝《は》がしながら市来は言う。さらっとそういう気遣いをできるところはズルいと思う。

最初はバニラ。次はチョコ。どちらも間違いのない味で美味しいけれど、市来と本当にこうして一緒に食べるべきは天沢なのにと意識したら、草也は言葉少なになった。

――天沢は欲しいものを我慢したのかな。

藺香や駿太《しゅんた》に懐かれ、市来の母親にもどうやら気に入られたのは嬉しいけれど、手放しで喜べないのは普通の友達として歓迎されているからだ。

中学の頃に連れてきたという彼女みたいに付き合っていると知っても、すんなり受け入れてもらえただろうか。

そんなはずはない。

市来は男で、自分も男で。天沢は常識人で優等生だから、当たり前から外れるのが嫌で告白を拒《こば》んだのだと思っていたけれど、今は違う本音を想像してしまう。

自身のためではなく、市来のため。

恋さえも我《が》を通すことはできずに、遠慮したのかもしれない。

「俺は違ったみたい」

草也はポツリと言った。

「え？」

天沢ほど我慢したりはしていない。

自分自身はとっくに終わってしまったくせして、ずうずうしくこうして市来の隣にいる。

「なんかあった？」

ただアイスを見つめて食べているだけのつもりが、察しのいい市来に問われた。

「なにもないよ」

「けど、おまえ……変だぞ。テストのせいかと思ってたけど、終わっても大人しいし……」

「……俺は前から変だよ」

天沢らしくないと指摘されたようで、心がざわつく。天沢じゃないのだから当然だ。天沢じゃないのに、同じでいられるはずがない。

——もしも。

市来に自分は野原草也だと打ち明けたら、どうなってしまうんだろう。

市来もみんなも、普段はもう思い出しもしない、花瓶《かびん》の花に代わるのが精一杯の影の薄かったクラスメイトだって告げたなら。

「変って、そういう意味じゃない。悩みでもあんのかと気になっただけだ」

伸ばされた男の手が、ぽすりと頭へ落ちてくる。やや雑な手つきながらも、頭を撫でられた草也は、いじけた自分の気持ちが恥ずかしくなってますます俯《うつむ》く。

「そんな顔すんな……」

「映画のこと、ちゃんと覚えてたんだ」

草也は顔を起こせないまま言った。

知ってしまったからには、無視などできない。袖机の引き出しの天沢の秘密。

「映画？」

「前に偶然一緒になって観たって言ってた映画」

「ああ……」

市来に忘れたなんて思わせたのを後悔した。

天沢にとって、かけがえのない一日だったはずの記憶。

草也は繰り返した。

「俺、覚えてたよ。忘れたわけじゃなかったんだ」

帰宅後、寮の机に向かった草也は、目標を紙にしたため満足そうに頷いた。

「……ヨシ」

スマホは便利でいいけれど、やっぱりいざというときは手書きに限ると、期末テストの勉強でも学んだ。ノートを切り取った紙に書いたマジックの文字はたったの二文字。

目指すは『成仏《じょうぶつ》』だ。

霊魂としてその辺をふらふら彷徨《さまよ》っているだけならともかく、霊障《れいしょう》で天沢に取り返しのつかない迷惑をかけている以上、この世にはもう留まれない。

家族から天沢を奪うわけにはいかないし、市来からだって――

こうなるずっと前から天沢が市来を好きだったと知っても、恋敵《こいがたき》という感じはまるでしない。

一心同体でいるうちに、身近になり過ぎた。

「天沢、早く戻ってこいよ。冷蔵庫にダッツアイスも買っておいたから」

宙に語りかけてみても、反応はない。

まさか、死んでいない天沢のほうが先に昇天《しょうてん》してしまったなんてこと――と、一抹《いちまつ》の不安を覚えつつ、草也はスマホで方法を調べ始めた。

成仏。すなわちこの世への未練を断ち切り、仏になる方法だ。


「え、神社？」

土曜日。市来からの誘いで出かけた草也は、正午前に待ち合わせをした駅前で、行きたい場所を問われて答えた。

「静かだし、涼しいし、お金もかからないし！　樹齢何百年の巨木とかあって、パワースポットだし。あと、猫！　猫が住みついてたりもするから……」

高校生のデートは出費が控《ひか》えめであるのも重要だ。しまいには、動物好きの気を引くには反則技とも言える猫を繰り出すも、市来は最後まで聞かないうちから同意した。

「いいよ。たまにはいいかも」

調べたところ、厄除《やくよ》け厄払いで有名な寺や神社は、近隣だけでも無数にあった。それぞれ言い方は違っていたりもして、そのものズバリ、『除霊』と銘打《めいう》っている頼もしい神社もある。

「一件目はここの……」

スマホで地図を見せると、市来はちょっと驚いたみたいだった。

「何ヵ所も行くの？」

「うん、時間があればだけど……」

順調に成仏できるとは限らないので、いくつか選んでおいた。

都道府県別お祓《はら》いランキングなるサイトもあり、グルメサイトかとツッコミを覚えながらも参考になった。

市来を戸惑わせつつ向かった一社目は、事前予約なしでお祓いからご祈禱《きとう》、商売繁盛《はんじょう》から恋愛祈願までマルチで受け付けてもらえると評判の、五つ星神社だ。

「初詣《はつもうで》以外で神社に来たの久しぶりかも」

真夏の暑さで人気《ひとけ》は少ないけれど、鳥居《とりい》を潜《くぐ》れば大樹の緑が迎える。

仰《あお》ぎ見る市来は眩《まぶ》しげに目を細めた。

「天沢、おみくじ引いてくか？　あ、鳩《はと》のエサも売って……」

木陰に入れば癒《いや》し効果も感じられ、のんびりした声を上げる男に対し、手水《ちょうず》をすませた草也が一目散に向かったのは社務所《しゃむしょ》だった。

頒布《はんぷ》されている色とりどりのお守りを前に、料金表を真剣な眼差しで見つめる。

「えっと初穂料《はつほりょう》……こ、これくらいやっぱりするよね」

成仏はタダでは叶わない。天沢にはバイトをしてでも返すと伝えたいところだけれど、あの世へ行ってしまってはそれもできそうにない。

必要経費と諦めてもらうしかないのか。

無事に仏になれたら、あの世から天沢を見守ろう。可能ならば、宝くじの当選率が上がるよう便宜《べんぎ》を図ったりして恩返しをしよう。

「あ、天沢？」

思い詰めた草也は、「お願いしますっ！」と巫女《みこ》さんに声をかけて、市来の目を丸くさせた。

草也もこれまで初詣の参拝くらいしか記憶になく、昇殿《しょうでん》なんて初めてで緊張する。申し込みをすませれば、身分証の提示を求められたり、高校生だからといって怪しまれることもなく、誰でも初穂料……いや、神様の前では平等だ。

滞《とどこお》りなく清められ、なんだか身も心もすっきりした。

すっきりはしたけれど、草也は微動だにせず天沢の中だった。

二社目でも、三社目でも。しまいには慣れが加わり、このところ眠りも浅かったせいで、居眠りまでしてしまった。

すうっと心地よく魂が抜けるような感覚に、今度こそ来たかと身を任せたものの、睡魔に飲まれただけで目を覚ませば変わらず天沢の中。神主《かんぬし》に白い目で見られたというおまけつきだ。

三社目を出る頃にはもう夕焼け空だった。

「天沢、なんで急に神社巡りなんて……」

これまで問われなかったのが不思議なくらい、市来は黙って付き合ってくれていた。

「……ごめん、理由は今言えない。ホント、ごめん」

なのに、そう答えるだけで精一杯だった。

市来まで巻き込んで徒労に終わり、意気消沈する草也にもう朝のようなテンションの高さはない。そもそも除霊ができるといっても、仏を目指すのならばお寺にすべきではなかったのか。

参道を駅へ向けてトボトボと歩く足取りは重かった。敷石の道を歩む二本の足が、右足、左足と前へ出るのを、複雑な思いで見つめる。

人魚姫は苦労して人間の足を手に入れても、簡単に海の泡に変わったのに、自分のしぶとさときたらどうだ。

もしかして、すでに悪霊、怨霊化してしまったのかも。そんなおどろおどろしい感じはしないけれど、危ない人……いや、危ない霊ほど無自覚だから厄介《やっかい》だ。

魂が彷徨っていると言われる四十九日を過ぎても居残ったあたりからパワーアップし、ついに天沢の体を乗っ取ってしまったと考えれば辻褄《つじつま》が合う。

天沢は戻らないのではなく、体を奪われて戻れなくなってしまったのだ。

——自分のせいで。

「なぁ、あれ食ってかない?」

不意に市来が言い、草也は「えっ」と顔を起こした。

神社から駅への道筋には、寂れた小さな商店街があった。今日は週末とはいえ、平日もたぶん大きくは変わりないシャッターの下りた通り。営業中の店は数えるほどだ。

市来が指差したのは、和菓子屋だった。若者受けはしそうにない店だけれど、軒先にソフトクリームののぼりが出ている。

「昼も食欲ないって、あんま食べてなかったろ。暑い日はアイスに限る」

言葉に背中を押されて草也も購入し、溶けないうちにと歩きながら食べ始める。道すがら公園があって、自然と足が向いた。

古ぼけた遊具の人気《ひとけ》もない公園だけれど、座れるだけマシだ。ブランコを囲む柵《さく》に並んで腰をかけ、暑さでどんどん流れようとするミルクソフトを黙々と食べた。

冷たくて美味しい。自分はもしやお腹が空いていじけていただけではないかと思うほど、甘く冷たいソフトクリームに活力が戻ってくる。

「コーンカップって夏場食べづらいけど、考えた人、天才だよな。ゴミ減ってエコだし、持ちやすいし」

「……うん」

草也がぎこちなく笑んで頷くと、市来も頬を緩めた。

「また改めて来ればいいよ。俺、夏休み暇だからさ、神社くらいいくらでも付き合うし」

さらっとそんな風に励《はげ》ましてくれる市来の優しさ。

「うん、ありがとう」

——好きだな。

市来のこと、やっぱり大好き。

会う度《たび》に、知るほどに膨《ふく》らんでいく気持ちに比例するように、この世界が離れがたいものに思えてくる。

夏空も夕焼けの空も、もう何度も飽きるほど目にしてきたのに。見慣れた景色すら、市来と一緒だと初めての絶景のように輝いて見える。

市来と離れがたいこの気持ちが、なによりもこの世への未練を生んだ。

自分の断ち切れない想いが、奪おうとしている。

彼から、本当の天沢を。

「ほら」

食べ終えて立ち上がった市来は手を出し、草也が無意識に小さく畳《たた》んでいたコーンの包み紙を受け取った。公園の奥、一本だけ聳《そび》えた木の根元にあるゴミ箱へ捨てる。

その姿を目で追う草也は、突然スイッチでも入ったように走り出し、背中に飛びついた。

「わ……」

思いのほか勢いがついてしまい、タックルでも決めたみたいな抱擁《ほうよう》だった。

「どうしたっ？　天沢、大丈夫……」

木の根に躓《つまず》きでもしたのかと、市来は驚いている。

「……ぎゅってして」

求めながら、力強く抱きしめたのは草也のほうだった。顔を埋《うず》めた男の紺色のシャツの背は、目で見ていたよりも広くて、周りの景色も夕日の色さえも包み込んで消し去る。

「……天沢」

絡《から》みつく白い腕を解《ほど》いた男は、草也を正面から抱き返してきた。

望みどおりに強く。

高鳴る心音に、このまま天まで駆け昇れたら本望《ほんもう》なのにと思う。市来に抱きしめられて満足すれば、もう思い残すこともなくなるのではないかと期待した。

お祓いよりもずっと簡単に。

「奏」

目を開ける。びっくりするほど近くに市来の顔があった。二度目のキスは、ちゃんと草也もタイミングを合わせて目蓋《まぶた》を落とせた。

誰にも教わっていないのに、少しずつ上手になるキスは、大人へと子供が成長していく過程みたいだ。昨日はできなかったことが、今日はできるようになる。あの頃は夢でしかなかった未来が、今は現実のようなものへと変わる。

重なる唇は、何度も草也の唇を押し潰した。夕暮れの凪にそよいで揺れる市来の髪が、頬を撫でてくすぐったい。

触れ合ったところすべてから、伝わってくる市来の存在が愛《いと》しくて恋しい。

草也はどこまでも求めた。顔を起こした男の唇を追うように身を伸び上がらせ、上手く触れられなくなると、まだ足りてないと訴えた。

「……もっとして」

見つめ合う眸は言葉に揺らいだ。

戸惑いを孕《はら》みながらも、真っ直ぐに草也を見下ろす男の眼差し。

「もっと？」

訊き返されて頷けば、市来は熱っぽい声で言った。

「じゃあ、うちに来る？」


家へ向かう途中、自分の言葉が誤解を招いたのに草也は気づいていた。「今日、誰もいないから」と市来が告げたのが、以前とまるきり違った意味であることも。

気づいたけれど、間違いを正したいとは少しも思えず、そのまま一緒に歩き続けた。

男同士であることに、初めて本気で違和感を覚えた。草也が極自然に抱《いだ》くようになったトキメキは変わらず膨れる一方、外では距離を置かなければならない関係に不便を感じる。

もっと傍《そば》にいたい。もっと、手を繋いだりとかしてみたい。

「……あのな、今そんな目で俺を見るなよ」

路上でぼそりと言った市来の頬が、夕日のせいだけでなく赤かった。

家に辿り着くや否や、玄関でまたキスをした。同時に手も繋いだ。両手の指と指を絡ませ、唇を押しつけ合う。閉じた唇をどちらからともなく緩《ゆる》めれば、当たり前みたいにキスは深くなった。

「……ここまで理性を保った自分を、俺は褒《ほ》めてやりたい」

苦笑いする市来の唇が、いつもより色づいていてなんだか色っぽい。

「今、誰もいないの？」

「今日はこないだ行き損《そこ》ねた遊園地に行ってるから、平気」

「でもまた予定が変わったり、早めに帰ってきたり……」

市来はパンツのポケットからスマホを取り出した。「さっき送ってきたやつ」と言いながら見せられたのは、遊園地のアニマルなキャラクターに寄り添い、満面の笑みで写った繭香と駿太の画像だ。

「わ、二人ともすごい嬉しそう！」

満喫しているのは確かなようで、草也も普通に写真に見入ってしまった。

「こっから車で一時間以上かかるし、夜のパレードも観るって言ってたから、当分帰ってこないよ」

市来は説得力のある説明をしつつも、「あー」と唐突に頭を抱えた。

「つか、なんか俺、やばくない？　がっつき過ぎてるし。さっきの、おまえ本当はそういうつもりで言ったんじゃないだろう？　その気ないなら……」

「あるよ！　俺だってある！　だって、いつもオカズは市来だしっ！」

気が変わられたら困るのは草也のほうだ。焦《あせ》るあまり、ついぽろりと零したデリケートな事情に、市来は驚いた表情だ。

「天沢って、時々びっくりするほど大胆なこと言うよな」

「あ……」

「いや、大胆じゃなくて素直なのか」

素直。今の草也の数少ない取り柄《とりえ》ではあるけれど、天沢とは違っている。

「ごめん」

「だから、なんですぐ謝るんだよ。俺は嬉しいって言ってんのに。ツンツンしてた頃の天沢も味わい深かったけど、やっぱ……ダイレクトに気持ちが伝わってくるのは嬉しいっていうか」

決まり悪そうにする市来の言葉も、草也につられてかストレートだ。

見つめ合うと、もうすることは一つしかなかった。

キスをする。たくさんする。名残惜《なごりお》しげに唇を解《ほど》くと、二人は入ってすぐのところにある市来の部屋へと手を繋いだまま移動した。

こないだは腰をかけることもなかったベッドへ自然と縺《もつ》れ込み、草也は大好きで堪《たま》らない男が覆《おお》い被《かぶ》さってくるのを、夢見心地に受け止める。

「……んっ」

市来にちょっと触れられただけで、体は震えた。前開きにしたコットンシャツはないも同然の存在感だし、その下のボーダーのタンクトップは薄く、手のひらの感触をリアルに伝える。

するすると這い上る、指の長い大きな手。

「だ、ダメっ……！」

「え、まだなんにもしてないだろ」

「だ、だって……市来が触ったら……」

まだ直接触れられてもいないのだけれど、草也の体は本当にやばかった。玄関先のキスからもう、それは始まっていた。

草也のカーゴパンツの膨らみに気がついた市来は、軽く息を飲む。

「キスだけでこうなったとか？」

コクコクと頷いた。恥ずかしさのあまり、頬や耳元が熱くなるのを感じる。きっと、ひどく赤い。

「感じやすいんだな、奏って」

「な、名前……」

「ん？」

「なんで名前……ときどき急に呼ぶの？」

「なんでって……呼びたい気分のときに呼んでるっていうか」

ならば、今が市来はその気分なのか。

「嫌だったか？」

「ううん……市来に名前呼ばれるの好き」

すぐに首を振った。草也と響きが似ていて嬉しいのもあるけれど、「奏」と呼ぶ瞬間の、市来のはにかむ表情が好きだ。

「……奏」

耳元に吹き込まれて震える。体だけでなく、心も。

「もっと、呼んでほしい」

消え入りそうな草也の求めに、市来は応えて何度も「奏」と呼んだ。耳朶《じだ》を掠《かす》めた唇は、そのまま頬を辿《たど》って唇へと重なる。

悪戯《いたずら》な手は脇から胸元へ。タンクトップをたくし上げ、今度は直《じか》に触れた。反射的に身じろぐ草也を口づけで宥《なだ》めながら、指先が小さく膨れたものを探し当てる。

「あっ……」

飾りにもならない小さな草也の乳首。虫刺されほどの存在感もないのに、市来の指が触れると急に主張を始める。

最初に感じたのは、くすぐったさ。それから微《かす》かな疼《うず》き。指の腹で転がすみたいに撫で摩られ、小さな粒が捩《よじ》れる。初めての感覚に草也はふるふると頭を振った。

市来に摘《つ》まれると、上擦《うわず》った微かな声が漏れる。

「あっ……ぁっ……」

声は次第に間断なく響くようになり、感じているのを知らせる。

「ふっ、あ…っ……」

体をじわじわと巡る甘い痺《しび》れ。草也の小さく膨れたそれを、市来の指は右も左も存分に弄《いじ》った。時折確かめるように、剝き出しになった白い肌を手のひらが撫でる。

「いっ、市来…っ……」

やがて這い降りた手がそのままボトムにかかって、草也は狼狽《うろた》えた。

「こっちも見せて」

「……恥ずかしい」

言ったらもっと恥ずかしいのに、言葉にしてしまった。

草也は両手で顔を覆う。

「……奏」

天沢の体はどこもかしこも綺麗だ。

顔だけでなく、肌は白く滑《なめ》らかで。卑猥《ひわい》なはずの中心さえもが、美術の彫刻かなにかみたいだと感心するほど形もよく、憑《つ》いたばかりの頃は物珍しさに繁々《しげしげ》と眺めてしまったりもした。

だから、なにも恥ずかしがることなんてないと頭で思っても、やっぱり恥ずかしいものは恥ずかしい。

そして、生身の体は石でも石膏《せっこう》でもなかった。

「ふっ……」

カーゴパンツと一緒に下ろされた下着からは、切なげに形を変えたものが飛び出した。

「あっ……」

淫《みだ》らに先っぽの潤《うる》んだ性器。市来の目に留まりたがってでもいるように、ヒクヒクと擡《もた》げた頭が揺れる。

「オカズの俺とするときも、こんなになんの？」

熱を帯びた息をつき、市来は訊ねた。

「いっ、言わないで」

「さっき、自分で言ったくせに」

「さっきは、さっき……今はダメ」

「今のほうがエロいことしてんのに？」

「でもっ……あっ、やっ……」

反論は簡単に封じ込められる。市来の手が直に触れると、ぶわっと沸き立つような快感に襲われた。

——やばい、どうしよう。

どうしよう、本物の市来だ。

本物の市来の手。本物の市来の声。

市来が、自分に触ってくれている。

自転車置き場でキスをされてから、本当言うと毎日のように……草也でいる限りは自慰をしてしまっていた。終わって賢者《けんじゃ》タイムを迎える頃には罪深い行為に項垂《うなだ》れ、もうしばらくしないと誓うのだけれど、次の曜日にはまた繰り返し。

天沢はストイックそうだから、自慰も滅多《めった》にしなくて溜まっているのかもしれない。まるで欲求を晴らすのは草也の役目みたいだった。

「ふっ……ぁっ、あ…んっ……」

手のひらに包まれたら、それだけでまた変になる。硬く張り詰める。透明な滑《ぬめ》りを伸ばすように先端を撫でられ、括《くび》れたところを弄くられると、先走りが止めどなく浮いて溢れた。

「あっ、やっ……待っ…て、まだっ……あっ、あっ……」

「……奏、やらしいな……可愛い」

うっとりとした声で市来は言い、草也の足から衣類を完全に抜き取った。さらりと腿《もも》を掠める感触に「えっ」となる。

「あっ、なにっ……？」

白さの際立つ腿に触れた黒い髪。市来は、草也の中心へ顔を落とした。

「う、うそっ……ダメ、そんなのっ……市来はしなくていいから……」

『やめて』と言いながらも、先っぽをちろっと舐《な》められたら、それだけで喉がヒクッとなった。

「たぶん、すごい気持ちいいから……力抜いてみ？」

唆《そそのか》すような市来の言葉。キスもセックスも、全部市来が初めての草也は、もちろん誰にもしてもらったことはない。

「……ぁっ、や……」

足を開かれただけで、感情が昂《たかぶ》る。

普段は人には見せないところを全部晒《さら》して、市来に口を使って愛撫してもらうなんて。どうにかなってしまいそうなのに、草也のそれは萎《な》えもせずに、ぐんと大きくなる。

「ひ…ぁっ……ぁっ、あっ……」

ちゅっちゅっと濡れそぼった先っぽを何度も吸われた。その度に乾いてしまうどころか、とろっとした先走りがまた中から溢れ出てくる。

幾度も舐め上げられ、口に飲まれて粘膜《ねんまく》に包まれると、快感は始まりの比ではなくなった。

「あぁ…ん…っ……」

草也は柔らかな猫っ毛が乱れるのも構わず、バタバタと頭を振った。

「もっ……ちゃう、もう……イッちゃ…う…っ……」

「……いいよ？」

口淫を一度解いた男は、愛おしげに張り詰めた幹に唇を押し当て言った。

「そっ……そんなっ、だめ、くちっ……あっ、ダメ…だってっ……出ちゃ…う……」

『嫌だ』『ダメだ』と言葉で抵抗を示しても、すでに蕩《とろ》けた体は力が籠らない。

無防備に大きく足を開かされた草也は、感じやすい性器を好きな男にいっぱいに可愛がられ、我慢できずに腰を揺らし始めた。

「あっ、あっ、いっ……く……イクっ、も…うっ……」

射精感に抗《あらが》い切れずぴんと体を突っ張らせた。

「あぁ…っ…ん……」
二、三度大きく中心を跳ね上げ、ぴゅっと市来の口の中で噴いてしまった。
余韻《よいん》に浸《ひた》る余裕なんてなかった。狼狽える草也は、あっさりと飲んだ様子の男の口元へ手を伸ばす。

「ごめっ……ごめんっ!」

濡れた唇を必死で拭《ぬぐ》った。市来は言葉少なに見下ろしてくるから、やっぱり不快だったのかと思えば、独り言のように呟く。

「まいるな……いちいち可愛い」

ほどよく低くて心地いい市来の声。今は少し掠れ、色っぽさまでもが加わっている。

顔を覗き込まれ、心臓がトクンと鳴った。

「いい?」

潤んだ眸《ひとみ》で市来を仰ぐ草也は、なんだかよく判らないままコクリと頷く。

残った服を脱がされた。胸の上までたくし上げられたタンクトップも、羽織《はお》ったシャツも。

裸になるのは未だに抵抗があったけれど、市来が自《みずか》ら服を脱ぎ始めると、別の意味で気恥ずかしさを覚えた。

ポイポイと色気もなく脱いでベッドの下へ放る市来は、ちゃんと男らしい。着痩《きや》せする体はしっかり筋肉もついて格好よく、脱ぐほどにまざまざと違いを見せつけられる。

「……じっと見んなよ」

「えっ……」

「エッチだな〜、奏は」

視線に気づいた男は、照れ隠しにか言った。

「なっ、市来だって……」

「待ってて」

「へ？」

「一応、用意しといた。夏休みは長いしな……なにがあるか、判らないと思って」

ベッドを一旦離れた市来が、どこからか持ってきたのは、男同士でセックスするのに必要なグッズだった。

ローションのボトルだ。夏休みの間にもしかしたらなんて、市来も考えていたのかと思うと生々しい。実際、始まったばかりでその役目は回ってきた。

市来だって男は初めてに違いないのに、迷いなく押し進めてくる。手慣れているというよりも、本能の声に従うのが上手いのかもしれない。

後は、元の器用さの差か。

促《うなが》されるままベッドへ横向きに寝そべり、後ろから抱かれる。ローションの滑りを纏《まと》った指は、狭間を濡らしていたかと思えば、窄《すぼ》まったところをあっさり暴《あば》いた。

思いのほかすんなりと指は入り込んできて、心の準備の追いつかない草也を戸惑わせる。

「あっ……ゆびっ、市来のっ……？」

「ああ、奏ん中、温かいな」

ろくに抵抗もなかったけれど、市来のあの長い指があんなところに入り込んだなんて信じられない。

「ふ…ぁっ……あっ、そこ……」

「……ここ？」

「やっ……まだ…っ……」

非現実感にふわふわしていた頭が、容易《たやす》く羞恥《しゅうち》と快感に揉《も》みくちゃになる。信じられない場所には、探られるとぶわりと官能の溢れるポイントがあった。

弄っても触れられてもいない前がもう切ない。性器はまたヒクつき始めて、先走りが露でも結ぶみたいに浮かんでくるのを草也は感じた。

「……あっ、や……なんかっ、そこ……」

男が後ろでも感じるのは知っている。どこで覚えた知識か判らないけれど。本能的に知っていたのかと思うほど、確かに感じてならないところがある。

ただ感じるだけでなく、指でなぞられるほどに湧き起こる逃げ出したいような衝動。

恥ずかしくて、なんだか怖くて。性器で得るよりもずっと深い底なしの快楽を、やっぱり本能で感じ取っていたのかもしれない。

「やっ、やだ……市来、そこ、も…う……」

「……ダメ、まだ拡《ひろ》げ足りないだろ。ほら、やっと二本……」

「やっ…ぁ…んっ、だめ……ダメっ、そこばっか……」

「もうちょっと、な？　奏、もう少し」

「やっ……やだ…っ……もっ、あっ……そこ、いじっ…ちゃっ……あっ…あぁっ……お尻、や…だっ……」

指が増えるほどに、弾ける卑猥《ひわい》な音も大きくなる。あのポイントを執拗《しつよう》に刺激され、次第に本当に自分が嫌がっているのか、そうでないのかさえも判らなくなってきた。

宥めるようなキスが、背後からこめかみに下りた。しっとりと触れた男の唇は、草也のぎゅっと閉じて濡れた眦《まなじり》にも。

「あっ、あぁ…んっ……」

ガクガクと腰が揺れる。射精への欲求がぶわっと高まるタイミングで、指を抜いて躱《かわ》され、草也はしゃくり上げた。

自慰でも草也ははぐらかしたり我慢するのは苦手で、すぐに達してしまっていた。

「もっ、もう…っ……」

身をずり上げて無意識に逃《のが》れようとすると、腰をしっかりと抱いて引き戻され、一層深く長い指が埋まる。

ぐちゅっと恥ずかしく鳴る音は、そこがもう性器に変わったと教えられてでもいるようだ。

「やっ……いちっ、市来…っ……」

ひどく感じる。ぐちゃぐちゃになる。

「……一馬《かずま》だろ？　俺だけ名前で呼ばないわけ？」

拗《す》ねたような男の声まで、草也の身をきゅんと疼《うず》かせる。中で指を食い締めたのも感じた。

「……かっ、一馬……ぁっ…も、ダメ……もう、してっ……もう欲しい」

たった今、やめて欲しいと訴えていたはずなのにそんな言葉が飛び出す。

心と体がバラバラになったみたいだ。

それとも、躊躇《ためら》いも欲望も同時にこの体に詰まっているのか。

「ああ、もう……俺も限界っ」

草也は身を仰向けにされた。降りてきたキスに、「んっ」と鼻が鳴る。

「一馬…ぁっ……」

抜かれた指の代わりに宛《あて》がわれたものに、体がぞくんとなった。

たっぷりと慣らされたおかげで、初めてなのにほとんど痛みはない。ただ、軋《きし》むような衝撃と、重たい質量を感じた。

頬張った先端だけでも、その大きさは判る。市来は馴染むのを待ってか、すぐには動こうとせず、草也を抱きしめてきた。

互いの肌は早くも汗ばみ、しっとりと吸いついてベッドの上で一つの塊《かたまり》になる。

「……大丈夫？」

「んっ……へ、平気……か、一馬はっ……？」

「……ん、気持ちいい。おまえん中、全部持ってかれそう…っ……早く、いっぱい……したい」

額を押し合わせて笑んだ男は、何度も熱い息をついた。

「いいよ？　いっぱい……しても？」

市来はいっぱい我慢をしてくれているのだと気づかされた。自分を傷つけないよう、怖がらせないよう。

続きを促《うなが》せば、預けられた体の重みと同時に、ずくっと市来が沈み込んでくる。

「あ…うっ……」

「……ダメだろ、俺を調子に乗せたら」

「んっ、いいよ……いちっ、かずっ、一馬なら調子に乗ってもっ……あっ、あ…んっ……」

深く、浅く。市来は草也の体を開かせる。水面に浮いた葉っぱみたいに体は揺さぶられ、緩やかに始まった抽挿《ちゅうそう》は次第に速度も深度も増していく。

嘘みたいだと思った。

市来と一つになっている。遠くで見るだけが当たり前だった、初めての恋で、片想いの男と。

「ふっ……あっ、あ…ぁ……」

感極まり、市来の背中に指を立てた。振り落とされまいとしがみつき、律動に身を任せながらも、草也は絞《しぼ》り出すみたいに声を発した。

「かっ、一馬…っ……」

「……んっ？」

「あっ……お願いっ、ある…んだっ……」

「……なに？　やめるとかはっ、できればナシで」

「ちっ、違うよ」

今言っておかないと、ダメだと思った。

終わった自分が、本当に終わってしまうその前に。

「もし、もし急に……俺が変わったりしても、見捨てないでくれるっ？」

「変わるって？」

「次に目が覚めたら、俺は俺じゃなくなってるかも」

背中が浮くほどしがみついて取り縋《すが》った草也を、市来はベッドへ着地させ、縫い止めるようにして顔を覗き込んできた。

「……なんで?」

「今、すごく……幸せすぎるから」

「幸せだったら、おまえ、変わっちゃうの?」

熱に潤《うる》んだ互いの眸が、すぐそこにある。

吐息も一つに混じり合う距離で、見つめ合う眸。言葉を探す草也は、うろうろと視線を周囲へ泳がせながらも応えた。

「つ、釣った魚にエサはやらないタイプなんだ」

「……魚?」

「うん……俺が素直じゃなくなっても、嫌いにならないで。ほっ、本当の俺だから。本当の俺も っ……市来のことがすごく好きだから。大好きなんだよ?」

急に変わってしまったら、市来は戸惑うかもしれない。

「俺とエッチなことしたら、奏は素直じゃなくなるってこと?」

市来は訝《いぶか》る眼差しで草也をじっと見つめ、深く覗き込んだかと思えば急に笑い出した。

繋がれた体までもが揺れて、ダイレクトに感情を伝えてくる。

「かっ、一馬……?」

「……それは、釣った魚にエサ無しとかじゃなくて、『照れてる』って言うんじゃないかな」

「あ…っ……」

振動に合わせてぐいと突き上げられ、あの場所が強く抉《えぐ》れた。ひくっと中心で跳ねたものが、市来の締まった腹で擦れて、草也は同時にもたらされた快感に啜《すす》り喘《あえ》ぐ。

ぱっと色を刷いたみたいに、顔も体も火照《ほて》らせる草也に、市来は嬉しげに黒い双眸を輝かせた。

「あっ、一馬…っ……また、そこっ…ばっかり……」

反射的に突っぱねようとした両手を取られ、顔の前で一纏《ひとまと》めにされる。指の背に口づけながら、目を伏せた男は言った。

「ダメだろ。もうすぐエサをもらえなくなるんなら……今のうちに、お腹いっぱい食べさせてくれないと」

「……バカ」

なんでだろう。軽く罵《ののし》っているのに、ジンとなって涙が滲んでしまった。

目頭《めがしら》も頬も体も。市来と繋がれているところ、触れられたところ全部、熱い。

熱くて、気持ちいい。

「でも……好き。一馬、大好き」

言い終える間もなく唇は捲《まく》れた。重ね合わせても足りないとばかりに、艶《なまめ》かしく潜り込んできた舌を受け止めながら、草也は好きで仕方のない男の動きに身を委《ゆだ》ねた。

体の中を掻き回されるみたいに暴かれるのが、こんなにも気持ちいいなんて知らなかった。

ずっと、知らないはずだった。

「んっ……あっ、一馬…っ……もう」

『好き』と告げるのと同じくらい、名前を繰り返し呼んだ。二人で息を合わせるみたいに欲望を膨らませ、出口を目指しながら、言葉にできない想いだけが胸の中で溢れ続けた。

――ありがとう。

ずっと一緒にいてくれて、好きになってくれて。

市来が好きなのは天沢だけれど、もしかしたらもっと早くにたくさん勇気が持てていたら、友達くらいにはなれたんじゃないかな、なんて。

楽しかったから。市来も『楽しい』って思ってくれた瞬間、自分と――天沢じゃない『僕』と一緒でも、少しくらいあったと信じてるから。

何度も思った。

ありがとう。

だから、さようなら。

◇　◇　◇

右手に剣を持っていた。

背丈の半分ほどもある剣ながら、立派なのは大きさばかりで、空気みたいに軽くてペラペラで、ダンボールにアルミホイルを巻いただけの作り物だ。

野原草也《のはらそうや》は勇者だった。

何故だか判らないけれどそういうことになっていて、洞穴《ほらあな》の前に立っていた。

大きな洞窟で、体育館の天井くらいの高さがある。底なしの穴みたいに伸びた暗闇からは、生暖かな風だけが吹きつけていた。吹いたり止《や》んだり。まるで柔らかく呼吸しているみたいな穴は、その奥になにか巨大なものが潜《ひそ》んででもいるようだ。

「さぁ、迷わず行くのです！」

突如響いた声にビクリとなって振り返る。

よく知る女の子が立っていた。白いカーテンを制服のブラウスの上に巻きつけ、女神のように微笑《ほほえ》んでいるのは、以前ホットサンドをくれたポニーテールの泉水《いずみ》だ。

「泉水さん……みんなもどうしたの？」

いつの間にか、背後にはずらりとクラスメイトが並んでいた。

「村の連中、みんなでおまえを見送りにきたんだよ！」

「岩橋《いわはし》……む、村って？」

確かに、格好はゲームにでも登場しそうなその他大勢の村人たちだ。村人A、村人B、村人C、村人D、村人……アルファベットを使い切りそうなほどたくさんいる。

そして自分も。草也も質素な布の服を纏《まと》っており、みんなと違うのは右手のペラペラの剣くらいのものだった。

「ソーヤくん、あなたの特異な能力が必要なの。どこにでもいてどこにもいないような、あなたのその存在の希薄《きはく》さが世界を救ってくれる」

「え……」

「ソーヤ、空気みたいなおまえだからこそ、やれることがあったんだ！　おまえなら、ドラゴンだって絶対に気づきっこねぇって！」

「ちょっと……」

いくら名前も存在感も野っぱらの草みたいだからって、多分に失礼だ。そんなトム・ソーヤみたいに呼ばれても腕白《わんぱく》少年にも冒険野郎にもなれないし、真っ暗な洞窟なんて入りたくない。

おまけに——

「どっ、ドラゴンってなにっ？」

「スリーピングドラゴン。居眠り竜よ。ドラゴンが太陽の昇る穴を塞《ふさ》いでしまったせいで、この村はずっと夜なの。お願い、私たちを助けて！」

「誰にも気づいてもらえなくて、いつもメソメソ泣いてたおまえだって、みんなを救える力があるって示してやれ」

「なっ、泣いてないしっ！」

「嘘。古井戸の陰でいつも泣いてたじゃない。私、お花を摘《つ》んでるときに見てたもの」

「松野《まつの》さんまで……古井戸って？　みんなさっきからなにを言って……」

太陽は西どころか穴から昇るし、天文学も常識も無視していろいろおかしい。

「しっ、ほら、耳を澄まして？」

村人たちは、女神な泉水の声に揃って人差し指を唇に宛《あ》てると目線で洞窟の奥を示した。

「ドラゴンの寝息が聞こえるでしょう？　うとうとしてる間に、奥にあるボタンを押すのよ。それだけで、あなたは世界を救える。英雄になれるのよ！」

「えっ、押すだけって、じゃあこの剣は？　倒すんじゃないの？」

「勇者が剣を持っていないと格好がつかないでしょ」

意味はないのか。はったりにしても酷《ひど》い。今時、幼稚園のお遊戯《ゆうぎ》だってもう少しマシな剣が登場する。

「でも、そのドラゴンってのに見つかったらヤバいんじゃ……たっ、食べられたりとか」

「いいから、早くお行きなさい。居眠り竜が目を覚ましちゃうじゃないの！」

剣よりランタンの欲しくなる真っ暗な洞窟へ、ぐいっと背中を押されて草也は歩み出す。この際、スマホのライトでもいいから欲しいと思うも、どういうわけか洞窟の中は床も天井も視《し》認《にん》できた。

ぼんやりとした青い光が、どこからか行く先を照らしている。

「さぁ、勇気を出して！」

思わずぎゅっと強く握りしめた剣の柄《つか》は、草也の女子並みの握力にも潰れてしまいそうだ。

左の壁が膨《ふく》らんだり凹《へこ》んだりしているのは、ドラゴンの胴体なのか。寝息がゴーゴーと大きくなるにつれ、青い光も強くなって、行き止まりにボタンが見えた。学校の机みたいな簡素な台座に乗っている。

どうみても剣と変わらないハリボテのスイッチ。押しても世界を救うどころか、チャイムの一つも鳴りそうにない、丸くて平べったいそれに草也は恐る恐る手を伸ばした。

「さぁ、押して！　そうしたらもう一度世界は始まるわ！」

ボタンを押したら、もう一度。

すべてをリセットするみたいに。


寝息はすぐ傍《そば》でスースーと響き続けていた。

ドキリとなるも怖くはない。洞窟を揺るがすような大風ではなく、そよ風みたいな優しい息遣いだ。見ればふさふさの黒い毛並みが視界をいっぱいにしていて、ドラゴンといえば硬い体《たい》表《ひょう》のイメージだから意外だった。

まぁ、爬虫類《はちゅうるい》系はあまり得意ではないので助かる。実はタランチュラ系のふさふさの刺激《しげき》毛《もう》だったりしたらどうしようと、恐る恐る触れてみるも、サラサラの長い毛だ。

指通りもよく、草也は幾度も撫でた。

六回くらい撫でたところでドラゴンがぶるっと身を震わせ、黒い毛が零《こぼ》れるように流れて合間に片眼が覗いた。

目蓋《まぶた》がパッと開いて、今度こそ心臓が止まりそうになる。

緑や金色ではない。黒い眸《ひとみ》だった。

草也が撫でていたのは、人間の頭だ。

「……市《いち》…来《き》？」

「あ……悪い、うとうとしてた。時間、まだ大丈夫？」

だるそうに寝返りを打ち、うつ伏せで両腕をついた男は、ヘッドボードの時計を見ようとする。

薄いブランケットに覆われただけの体は裸だった。ヒッとなって飛び起きた草也も同じくなにも身につけてはおらず、状況を把握すればするほど硬直する。

「奏《そう》？」

ベッドの上に正座して置物にでもなったみたいな草也に、市来は怪訝《けげん》な顔をした。好きだとか、すごく好きだとか、有《あ》り触《ふ》れた……いや、ストレートに想いを確かめ合ったばかりの恋人が、場違いな生物と同衾《どうきん》でもしていたみたいな顔で飛び起きれば、誰だって怪しみもする。

ドラゴンはいなかった。

ここは洞窟ではなく市来の部屋だ。ハリボテの剣すら持っていない草也は勇者などでもなく、もちろんボタンを押して元の世界に戻ったわけじゃない。

「……どうしよ」

「え……」

瞠《みは》らせた草也の両目からは、ポロリと大粒の涙が溢《あふ》れた。

市来も跳ね起きる。固まったままの草也の肩を摑んだ男はしっかりと寝癖のついた頭で、こんな狼狽《うろた》えた顔は初めて見たと思う。

「大丈夫かっ？　どっか痛むのかっ？」

『ううん』と草也は首を振った。

「俺が無茶したせいなんじゃ……」

無茶なら草也も一緒にした。したかったからそうしたし、幸せでどうにかなってしまいそうだった。

「全然痛くないし、すごい気持ちよかった」

ふるふると首を振って告げる草也の大胆な発言に、市来は驚いた表情をしつつも応《こた》えた。

「そ、そっか、そりゃよかった。けど、だったらなんで……」

「……ごめん」

「だから、なんですぐそうやって謝るんだよ」

何度となく繰り返したやり取り。理由を話すつもりはこれまでなかったけれど――『どうにかなってしまいそう』なセックスをしてもどうにもならないまま。またしても成仏《じょうぶつ》し損《そこ》ねてしまい、結果は天沢《あまさわ》の体を気持ちいいことに利用しただけだ。

「ごめん、実は俺……悪霊なんだ」

ポロポロ零《こぼ》れる涙と一緒に、言葉もぽろっと転げて出た。変な夢を見たせいで、気持ちも変な方向に昂《たかぶ》ってしまったのかもしれない。

「……は？」

『実は』と打ち明けられても、納得どころか到底《とうてい》理解できるはずもない。市来は沈黙し、それから草也の頭をポンポンと叩いて撫でた。

「夢でも見たのか？　ほら、耳もしっぽも生《は》えてないぞ」

それは、キツネ憑《つ》きか三角しっぽの悪魔だろう。

「生えないよ、悪霊なんだから。悪いオバケなんだって。天沢にずっと取り憑いてるんだよ」

「取り憑くって……え？」

「体は正真正銘の天沢だよ、ずっとって言っても、最初の頃はちゃんと天沢もいて、問題なく過ごせてるつもりだったんだ。月水金が天沢で、火木土は俺。日曜日は基本は天沢だけど、用事次第でさ。俺は天沢みたいに頭よくないからテストで苦労したり、天沢に日記で小言言われたりもして……でも、この体にいても大丈夫なんだと思ってた。天沢に近づけるよう勉強も頑張るようになったし、体を乗っ取るつもりなんてなかったから！　なのに、天沢は全然戻らなくなってしまって、もしかしたらもうっ……」

「奏っ、判った、判ったから落ち着け！　だから、変な夢でも見たんだろう？」

一息に伝えてしまおうとする草也の肩を市来は撫でた。摩擦《まさつ》も加わり冷えた素肌に手のひらは温かく感じられたけれど、一度溢れてしまったものは元には戻らない。

時間も言葉も巻き戻せない。

「夢じゃないんだって！　現実なんだ！　俺には……夢みたいな時間だったけど。この世に未練あるからって、取り憑く相手に天沢を選んだのはたぶん……」

俯《うつむ》けば裸の自分が映る。草也はコットンのブランケットを腰まで引っ張り上げ、端をぎゅっと握りしめた。

「俺が市来のこと、ずっと好きだったからだと思う。ずっと好きで、ずっと見てたから……たぶんなりたかったんだよ、天沢に」

告白を聞かされる市来は、キツネにでも抓《つま》まれたみたいな顔をしている。

キツネ憑きじゃないはずなのに。

「だったら、おまえは誰なんだよ？」

問いに答える声は震えた。

「俺は……草也だよ。野原草也」

口にした途端に心臓までぎゅっとなった。

「ノハラソウヤ……って、誰？」

「……え？」

想像もしていない反応だった。

凍りついたところを、ハンマーで叩き割るみたいな言葉を、市来は呆然とした顔で放った。

「お、覚えてないの？　俺だよ、事故で……かっ、雷《かみなり》の事故のことは？」

「忘れるわけないだろ。おまえだって巻き込まれて病院運ばれて、あんときはもう目を覚まさないんじゃないかって、気が気じゃなかったし」

「でも、俺のことは覚えてないんだ？」

ただでさえ白い顔は蒼白《そうはく》になる。血の気《け》が引く音を、リアルに聞いた気がした。ブランケットを握り締めたままの草也の手は、真夏でも寒くて堪《たま》らないとでもいうようにカタカタ震え、バッと手放す。

日ノ原巡
巻頭カラー♥
「セラピーゲーム リスタート」
大きなサイズのベッドに、毎日一緒に眠る――
イッツワンダフル同棲ライフ！
のはずだったのに!?
新展開でおくる超人気連載♡
左京亜也
須坂紫那
栖山トリ子
瀬戸うみこ
立野真琴
のきようこ
松本 花
南月ゆう
りーるー
リレーエッセイ
「モエパラ☆」虫歯
カラーつき新連載♥
入学した魔法学校で出会ったのは……!?
本誌初登場!!
星倉ぞぞ
「魔法使いは触《ふ》れて解《ほど》ける(仮)」
カラーつき大人気連載♥
遠回りした二人の初夜は……!?
山本アタル
「清く正しく美しく mellow」
Dear+
ディアプラス
恋愛至上主義★ボーイズラブマガジン!!
2020
9
8.12 [Wed] ON SALE
毎月14日発売／予価：本体690円＋税
表紙イラスト：南月ゆう
※予告は一部変更になることがあります。
希望者はもれなくもらえる♥全プレペーパー
DEAR+ Paper Collection：星倉ぞぞ

大人気シリーズ表紙で登場！
橋本あおい
Aoi Hashimoto
表紙
「酔いどれ愛を知る」
新連載☆
巻頭カラー
猫野まりこ
Mariko Nekono
「貴族の愛に堕ちるまで」
カラーつき新連載☆初登場
本郷地下
カラーつき新連載☆初登場
早寝電灯
カラーつき新連載
さはら鋏
「映画 ギヴン」近日公開！
キヅナツキ『ギヴン』
「映画 ギヴン」キャスト対談・後篇
矢野奨吾＋内田雄馬＆中澤まさとも＋江口拓也＋浅沼晋太郎
Chéri+ paper Collection：猫野まりこ
2020 9
シェリプラス
Chéri+
極上の愛に酔うBLマガジン
NOW ON SALE
スカーレット・ベリ子／楔ケリ／佳門サエコ／カシオ／ずんだ餅粉／麻々原絵里依（原作:J・L・ラングレー）／林らいす／西のえこ／七瀬／うしの／色野イト ほか
ショートコミック 氷室雫／堀江蟹子
コラム すず屋
イラストリレーエッセイ「萌えモノ語り」：あずみ京平
定価：本体690円＋税
SHINSHOKAN https://www.shinshokan.com/comic/
ディアプラス シェリプラス編集部 Twitterアカウント
@dear_plus_

ドラマティック＆♥な、ボーイズ・ラヴ・ノヴェル!!
COVER ILLUSTRATION：ミキライカ
定価：本体750円＋税
小説ディアプラス
Dear+ ナツ
2020 SUMMER
NOW ON SALE!!
希望者はもれなくもらえる♥
書き下ろしフリーペーパー 第55回 彩東あやね
【巻頭カラー♡】
海野幸 ×カワイチハル
同僚会社員同士のオフィス外ロマンス♡
【カラーつき♥前篇】
一穂ミチ ×山田2丁目
絵画が縁をつなぐ再会ロマンス。「アンティミテ」スピンオフ登場!!
木原音瀬 ×カズアキ
栗城偲 ×みずかねりょう
安西リカ ×街子マドカ
【モノクロームロマンス新作】クレア・ロンドン ×スカーレット・ベリ子
椿姫せいら ×栖山トリ子
彩東あやね ×伊東七つ生
ショート・ストーリー 月村奎
コミック 松本花 林らいす
エッセイ 大木えりか ×山田睦月
BL小説大賞結果発表!!
【ゲスト審査員】砂原糖子 栗城偲 宮緒葵
ハッカプラス編集部Twitterアカウント @hakkaplus
小説ディアプラス編集部Twitterアカウント @n_dearplus

「奏？」

真っ白で冷たくなった指に、少しずつ血の気が戻っていく。

もぞもぞと動き始めた草也は、ノロノロとベッドを這い、端にかろうじて引っかかるようにして落ちずにいた衣類を摑んだ。

「帰る。おじゃましました」


草也はいつもニコニコと笑っていた。

幼い頃は、双子の兄の陸《りく》の後ろで笑うのが基本の子供だった。

隣に並んだつもりでも、人懐《なつ》っこくて利発な陸がいつの間にか半歩前に出ている。草也は気がついたら半歩後ろにいて、相槌《あいづち》のように笑うのがお決まりの役割分担。自分とよく似た顔をした陸が、大人や子供やみんなを楽しませるのを見つめた。

嫌だと思ったことはない。前に出たところで、草也はお喋《しゃべ》りがあまり得意ではないし、まごまごして相手に愛想《あいそ》笑いを強《し》いてしまう。

生まれたのだって陸が半歩先なのだから、立ち位置だって半歩前。それがちょうどよく感じられて、双子の兄弟に競争心を煽《あお》られることもなく草也はいつもニコニコしていた。

陸がいなくなってしまうまでは。

いなくなったら、前も後ろもなかった。

一人で立っていると、顔が似ているだけに『なんだか違う』と言われているようで、『本物の陸がいない』と責められてでもいるようで、笑うのも怖くなった。

『なんでおまえが残ったの?』と愛想笑いの裏から問われている気がして、どうしたらいいか判らなくなった。

なんでって――

「……はぁっ、は…ぁっ」

バタンと大きな音を立てて扉を閉めると、世界は草也だけになった。

寮の部屋はいつだって一人だ。

背中を扉に押しつけ、肩で荒い息をする。電車に乗った時間以外は、市来の家からほとんど走って帰った。歩いたら、ずぶずぶと爪先《つまさき》から踵《かかと》から地面に沈んで、足首を引っ掴まれたみたいに動けなくなってしまいそうだった。

「……バカみたいだ」

市来に『知らない』と言われてショックだった。

いくら教室がいつもどおりで、みんなが草也の存在を忘れたように見えても、思い出してすらもらえないなんて考えもしなかった。

――みたいじゃなくて、本物のバカだ。

自分ばかりが好きで、自分ばかりが夢中になって。市来は、野原草也なんて頭の片隅にも、クラスメイトの一人としてすら残していなかったのに。

いっぱい好きだって言ってくれたのに酷い――なんて、酷いのは自分のほうだ。勝手に取り憑いた体で市来を騙《だま》して、天沢を追い出して、戻れなくしてしまった。

「なんで、ちゃんと成仏できなかったんだろう」

勝手を知り尽くした小さな部屋は、洞穴みたいな真っ暗闇でも、明かりを点《つ》けずに移動できる。

腰を落としたベッドの角に手をつき、草也はしばらくじっとしていた。暗がりに目も慣れ、ごろんと横になると、ブランケットを無造作に引き被った。

頭まで覆《おお》って、巣に収まったように丸くなる。

誰もいない部屋は、早寝も自由なら、メソメソするのも自由だ。

布団に潜り込んだら、微《かす》かな甘い匂いを感じた。市来から時々香るあのシャンプーの匂い。さっきまで誰より密着していたのだから移っても不思議ではなく、最悪なことにこんな状況でもドキドキしてしまう。

市来が傍にいるみたいだ。ほんの二時間くらい前にはキスしたりされたり、たくさん触れられて嬉しくて泣いていた。

今でも思い返したら胸がきゅっとなり、切なさにそこら中をズキズキさせる自分を本当に最悪で最低だと思う。

「…………いらないのに」

ぐずっと鼻を鳴らせば、零れた涙は不快に顔を伝って、こめかみのほうへ流れた。頭を預けたシーツに吸い取られる。

最低な自分が、クラスでも存在さえ忘れられたこの世界にしがみつく意味はない。

誰にも必要とされず、覚えてももらえず。

「いらないのに、なんで俺…っ……なんでっ、消えてなくなんないの……」

――消えちゃえ。

早く、消えちゃえよ。

天国でも地獄でも。あの日、煙になって空へと昇ったはずなのに、どうして終わった後も続いているんだろう。

自分が知るはずのなかった世界が。

「……ごめんなさい、ごめん天沢…っ……ごめん、市来……」

ぐずぐずと草也は鼻を鳴らし続けた。

「ふっ……う…っ、う……」

バチが当たったのかもしれない。

『なんでいるの？　いらないのに』

判っている。あのときも、誰も面と向かって草也にそんな泥団子《どろだんご》みたいな言葉をぶつけてきたりしなかった。

六年前のあの日。

判っているのに、あれからずっと聞こえる。

青いウインドブレーカー。濡れた体に重たく纏《まと》わりついた服や、肌に張りついた髪の感触をまだ覚えている。

大切なものを飲み込んでしまっても、休む間もなく流れ続ける川の音。岩場に座り込んだまま振り返って耳にした、母のあの落胆した声も。

『陸かと……』

覚えてる。


『奏』

誰かに呼ばれた気がして、草也はぶるっと頭を振った。

母親でも寮母《りょうぼ》でもない、男の声だった。市来かもしれないと思ったけれど、ここは二階でベランダもない窓の外に誰か立っていたらホラーだ。

一応、ぼんやりした眼差しを朝日に白く光る窓に送ってから起き上がる。

夏の朝は早い。外はまだ太陽も顔を出したばかりの時刻ながら、気の早い蝉《せみ》がどこかでミンミンと力強く鳴いている。再び頭を振った草也は、パンと勢いよく両手で頬を叩いてから共同の洗面所に向かった。

顔を洗っても目が開きづらいと思えば、ぎょっとなるほど目蓋の腫《は》れた顔が鏡に映った。空腹を感じつつも、これでは食堂へは顔を出しづらい。

泣いても幽霊でもお腹が減るなんて滑稽《こっけい》だった。草也は机に向かい、引き出しにあった食べ残しの湿気《しけ》たクラッカーを齧《かじ》りながら、滅多《めった》に使わないノートパソコンを開いた。

普段はなんでもスマホですませるのに、パソコンを取り出したのは、詳しく確認したい思いが芽生《めば》えたからだ。

一晩経《た》って、泣いてすっきりしたのか、頭はクリアになっていた。

人の記憶に残らなくとも、ネットには事故の記事がいくらでも残っているはずだ。

安心したかったのかもしれない。運のない間抜けな死にざまだろうと、自分がこの世に存在した証《あかし》。草也は軽い気持ちで名前を入力した。

けれど、検索結果には一つも引っかかって来なかった。

高校名で調べれば、落雷による倒木事故の記事は無数にあるのに、『野原草也』の名前だけが載っていない。死亡者そのものがゼロの扱いだ。高校の管理責任を強く問う記事ですら、負傷者は軽傷のみと報じている。

「……どういうこと？」

いくら存在感が薄く人の記憶から忘れ去られようと、ネット上からも消えるなんてありえない。まさかの不運でトップニュースに上がり、『こんなところに記《しる》されるとは思ってもみなかった』と、嘆《なげ》いたはずの記事は一体どこへいったのか。

いくらアクセスしても、結果に変わりはなかった。

草也は目蓋の重たさも瞬《まばた》きも忘れ、画面を見つめた。

おもむろに立ち上がる。飛び出す勢いで向かったのは、隣室の扉の前だ。他人の目覚まし時計のベルまで響いてくる壁の薄さの寮で、いつも静かな隣室は元は草也の部屋のはずだった。

軽く息を吸い込みながらノブを回すと、鍵はかかっておらず難なく開いた。

誰もいない。けれど、予想と違って部屋は空っぽではなく、物で溢れかえっていた。

足を踏み入れるほどに、息苦しい熱気に包まれる。エアコンをつけていない部屋は蒸し暑く、瞬《また》く間に汗もどっと浮いた。

草也は構わず部屋を確認した。主人がいなくなって物置化してしまったにしては、四ヵ月あまりで雑然《ざつぜん》としており、覚えのないものばかりだ。

まるで古い体育倉庫のようだと、壁際の破れたラケットに手を伸ばしかけ、傍《かたわ》らのものに気がついた。窓越しの日差しにギラついているのは腰ほどの高さの剣だ。

「これって……」

見覚えはあっても、ここに存在するはずのないダンボールの剣だった。

どこかで目にして夢に登場したのか。隣の壁に伏せて立てかけられた絵画《かいが》のようなものに何気なく手をかける。

表に返し、驚きに一瞬呼吸も止まった。

黒いリボンのかかった額《がく》は遺影《いえい》だ。見慣れた学生証の写真。けれど、写真は草也であって、草也ではなかった。

「……天沢」

つい今しがたも鏡で目にした顔だ。泣いて目を腫らしたりもしていない、普段どおりの端整な天沢の顔。

「あなた、そこでなにしてるの？」

不意に声が響いてビクリとなった。

「岡野《おかの》さん……」

寮母の岡野は草也の顔を見ると、ホッとしたように声を和《やわ》らげた。

「なんだ天沢くん、なにか探しもの？　あら、それ……」

「あっ、すみません」

反射的に詫《わ》び、背後に回して隠そうとした写真を覗き込まれる。

「やっぱり、あのときの小道具じゃない」

「えっ？」

「去年の文化祭の舞台で使ったものでしょ。縁起《えんぎ》でもないから、早く捨てなさいって言ったのに。取っておく必要あるの？」

「えっと……」

戸惑いに視線を壁際に走らせれば、剣を目にした寮母は溜め息までをも零す。

「部屋が余ってるからって、すっかり物置になっちゃって。ほら、こっちの箱も」

蓋《ふた》のない大きなダンボール箱を見ると、衣装のようなものが入っていた。クリップで端を留めた厚い紙の束《たば》も無造作に突っ込まれている。

『僕が終わってからの世界』。どうやら舞台の台本のようだ。中央にタイトルだけが書かれた紙を捲《めく》り、草也は瞠目《どうもく》した。

二枚目はキャスト表になっていた。おそらくクラスの全員の名前が載っており、自分の名前もあるにはあった。

誰より目につくトップだ。見逃すはずもない。けれど、見つけたのは演者《えんじゃ》ではなかった。

『野原草也——天沢奏』

自分の名前だけが、左側にある。役名の欄《らん》に。

肯定《こうてい》するように、寮母が口を開いた。

「天沢くん、主役とは思えないほど地味な役だったわねぇ。でもずっと観てたら、やっぱり天沢くんで良かったのかしらって」

「どうして……？」

「だって、本当に目立たない子が演じさせられたら、ちょっとイジメみたいじゃない？　お芝居の役とはいえ、『空気みたい』なんて何度も舞台で言われちゃうんだから」

二人しかいない部屋にもかかわらず声を潜《ひそ》めて言う。

「空気……」

思い起こしたのは、夢の中のキャラクターだ。黙り込んだ草也に焦《あせ》ってか、寮母はやや早口で続けた。

「やだ、私ったらただの文化祭の劇なのに真剣に考えすぎかしらね。なんだか、すごく自然だったから引き込まれたのよ。天沢くんの演技、とてもリアルで上手だったわ」

感心した声はお世辞ではないに違いない。

「不思議ねぇ、人って同じ顔でも言葉や態度で別人にも見えるんだから」

窓の外の蝉の鳴き声だけが、部屋に戻ってからもずっと響いていた。ミンミンと喧《やかま》しいせいで考えが纏《まと》まらないのだと、八つ当たりをしてしまいそうなほど鳴き声は力強く、頭は空っぽのままだ。

「……文化祭」

　去年の文化祭。机に向かった草也は持ち帰った台本を捲りながら、思い出そうとした。

　舞台はこの世ではなく、あの世。不慮《ふりょ》の事故で亡くなった現世で影の薄かった男子生徒が、死後に目覚めた世界で勇者になる、生まれ変わりのストーリーだ。

　一年の秋に文化祭があったのは覚えている。草也のクラスの出し物が舞台に決まったのも。

　でも、練習も本番の記憶もない。隣のクラスはアイスクリーム屋で、チェーン店のアイスを買ってきて売っていた。楽そうなのに人気は上々で、『うちもアイスにすればよかったのに』なんて思った。

　肝心《かんじん》の自分のクラスの出し物に関する記憶だけが一つもない。

　自分について思い出せないことはたくさんあった。まるでぼんやり聞いていた授業や、擦《す》れ違《ちが》っただけの知らない人の顔みたいに、頭から綺麗さっぱり抜け落ちているのに違和感がない。

　あの遺影が舞台で使われたフェイクなら、葬式で目にしたはずの自分のリアルな遺影はどんなものだったのか。

　そこに入っていた写真は――

　草也は自身の顔も思い出せないことに、ようやく気づいた。凡庸《ぼんよう》な容姿だろうと、自分までもが忘れるなんておかしすぎる。

「あ……」

ハッとなってまた縋《すが》るようにスマホを手に取るも、天沢のスマートフォンなのだから残された昔の写真も天沢のものだ。

草也はじっとスマホを見つめ続けた。毎日、体の一部かのように触れまくっている通信機器。なのに、過去の自分のスマホもどんなデザインだったか思い出せない。

同じシンプルなシルバーのケースをつけていたような気もした。

同じもの――

「わっ……」

ぶるっと震えたスマホに身を弾《はず》ませる。バイブ音を響かせてかかってきた電話は、天沢の妹からだった。

「はい」

無視する選択も思い浮かばずに出ると、ホッとしたような女の子の声が響いた。

『お兄ちゃん？』

草也は「えっ」となった。

「美結《みゆ》？」

『なんでラインの返事くれないの？　ずっと待ってるのに』

「美結？　美結なのかっ？」

思わず何度も繰り返したのは、中学三年生の自分の妹の名前だ。

『そうだけど、どうしたの？』

「おまえ、なんでっ……これ、天沢の携帯じゃ……」

『ちょっと、奏にぃ、大丈夫？』

紛《まぎ》れもない自分の妹の声ながら、呼ばれたのは天沢の名前。

訳が判らない。

「美結なんだよな？　のは……」

野原美結と言おうとして、言葉がつかえた。

まるで一度も呼んだことのない名前のように、その呼び名はしっくりこない。

「……天沢美結」

混乱する草也は脱力し、椅子から浮かせかけた腰をすとんと戻した。

『お兄ちゃん？』

「ごめん、ちょっと……」

『本当に大丈夫？　いつ帰ってくるのかと思って電話したんだけど……』

帰省の催促《さいそく》の連絡なら、これまで何度ももらっていた。天沢のスマホに、『ミユ』とだけ登録された妹の名前。自分の妹と同じであるのは気がついていたけれど、有り触れた名なのであまり意識はしなかった。

まるで、考えまいとしていたかのように。

小さくもない違和感から目を背《そむ》け続けていた。

「あ……ああ」

『あぁってどういう意味？』

「お盆には帰るよ」

『当たり前でしょ。今年は陸にぃの七回忌《ななかいき》なんだから』

六年前、陸が川で亡くなったのは両親の盆休みを利用して行ったキャンプだった。

「陸……天沢陸……」

『奏にぃ？　なにブツブツ言って……ホントにしっかりしてよ。もしかして夏バテ？　熱中症とかじゃないの？』

「美結、おまえはしっかりしてるな」

『なに、急に……ねぇ、なんで夏休みなのに帰ってこないの？』

「だから、ちょっと忙しくて……」

歯切れも悪い草也の返事に、妹は大人びた溜め息を響かせる。

『お母さん、待ってるよ？　気づいてるんでしょ？』

「なにを？」

『お母さん、寮に入れたの後悔してるんだから。奏にぃがどうしてもって言うから、お父さんが許しちゃったけど……早く帰ってきてあげてよ、そんなに勉強ばっかりしてどうすんの？』

「勉強なんて大してしてないよ」

『ウソ、知ってんだから。うちにいたときも、こそこそ勉強ばっかり。もしかして、陸にぃみたいになりたいとか思ってる？』

「……まさか」

電話に向かって答えるも、それ以上の言葉は続かず一瞬の沈黙が生まれた。

陸は頭がよかった。まだ小学生だったのに、中学生の数学の問題すらパズルみたいにすらすらと解いて周りを驚かせたりしていた。

実際、ゲームのように楽しんでいたのだろう。必死になって、いわゆるガリ勉をしている様子はなく、そういうところもまた陸らしかった。

『ねぇ、そんなこと誰も望んでないよ？　奏にぃは、奏にぃだよ？』

美結はなにか察したように言った。

本当に中学三年生とは思えないほど、しっかりした妹だと思う。陸に代わって家族の中心となり、支えになっているのは、自分よりも美結の存在じゃないかとさえも。

でも、妹は知らない。

あの日のことはなにも。まだ幼かった美結に、なにが真実かなんて判るはずもない。

「どうだろうね」

『え？』

「ごめん、とにかくもう少ししたら帰るから。帰る日、決まったら連絡するよ」

『もう少しっていつ？』

「すぐだよ、たぶん。母さんにもそう言っといて、じゃあ」

『ちょっと、お兄ちゃんっ……』

画面に軽く触れてタップすれば、妹の声はふつりと途切れた。元の蝉の声だけの部屋に戻る。

さっきまでとは違い、煩《うるさ》いと感じる余裕さえ失くしていた。

草也は混乱のあまり、体も心もふわふわと浮いて漂《ただよ》っているような気分だった。

それこそ、幽霊みたいに。

自分が判らない。これまで、当たり前だと信じていたものが突然覆《くつがえ》された衝撃。

あの家、あの家族。昔の記憶も、すべて天沢のものなのか。

——自分は、天沢奏だっていうのか。

そんな馬鹿なと否定しようにも、今となっては状況の一つ一つがそう示している。

野原草也が実在したのは、舞台の台本の中だけ。壁を見ても、ずっと自分の部屋だと思い込んでいた隣室は、元から使われずにいた空き部屋で。

「あ……」

草也はハッとなって、また縋るようにスマホを手に取った。今度こそとばかりに開いたのは、いつも天沢とやり取りをしていた日記のアプリだ。

交換日記はほかに天沢が存在した証しのようだけれど、直接話をしたわけじゃない。ただの一度も、草也は天沢と会話をしてはいなかった。頭の中でも、外でも。

昔の記憶はデタラメなのか。事故も、葬式も。クラスの人気者で、市来と対等に話のできる天沢を羨《うらや》んで見ていた記憶は。

草也であったはずの記憶は――

面倒くさがりの自分が、交換日記以外で昔一度だけした書き込み。興奮した勢いで、そのとき日記のアプリをダウンロードした。結局三日と持たなかったけれど、あのときはどうして急に日記なんて書こうと思ったのか。

たぶん一年近く前。いや、夏休みが明けてすぐの日曜日だった。

草也はアプリのカレンダーを遡《さかのぼ》った。交換日記を始める前までは、延々となにも記《しる》されていないにもかかわらず、去年のその日だけ小さな星がついていた。

日記を書いた日を示す印だ。

草也が書いたと思ったその日に、天沢も日記を書いていた。

指先でタップすれば、画面が変わる。

『今日、市来と映画館で偶然会った』

その音は、一度ではなく何度か続いた。

コツン。軽く窓を打つ音。

食堂での夕食の後、机に突っ伏してうとうとしていた草也は、バッと顔を起こした。

「あ……」

鏡を見るまでもない。寝ても醒《さ》めても、体が天沢だろうと、草也の意識は草也のままだった。

コツン。再び響いた音に、雨粒も星影もない暗い窓を見る。立ち上がって、カラリと窓を開ければ、真下の電柱のところに立っている男と目が合って驚かされた。

こちらを仰《あお》ぐ市来の顔は、街灯に照らされ白く映った。

驚きのあまり昨日部屋から逃げ帰ったのも忘れ、急いで階下に降りる。足音を忍ばせ、門限を過ぎた寮の入口を突破した草也は、心臓をバクバクさせつつも平静を装《よそお》った。

「市来……」

「やっと気がついたな」

「す、すごいアナログ。てか、古典的」

窓に小石なんて、今時漫画やドラマでも見ない。

「しょうがないだろ、門限あるし、おまえは全然連絡つかないし」

「ごめん、ちょっと机で寝ちゃってて……」

居眠りしていたのは事実だけれど、昨夜から丸一日、届いたラインも、未読のままにした言い訳にはならない。

見る勇気がなかった。

「だろうな。デコ、凹んで跡ついてる」

市来は追及せず、顔を見られてよかったとばかりに笑んだ。

「痛くねぇの？」

「う、うん」

額《ひたい》に手をやる自分を見つめる眼差しが優しいのは、俯いてしまっても判る。

すっと伸びてきた手が、たぶん寝跡とは関係なく前髪を梳《す》き撫でた。少し前なら舞い上がっていたに違いない仕草に、草也はどんな顔をしたらいいか判らず、小石なんていくつも落ちていなさそうなアスファルトを見つめた。

「昨日、なんか様子変だったから、やっぱ気になって」

「急に帰ったりして、ごめん」

「それはいいんだけど……思い出した。野原草也が誰だったか」

「えっ」

「おまえが舞台でやった役だろ？　去年の文化祭で。なんで、今頃役の名前なんて言い出したんだ？」

思わず顔を起こした。

草也はいない。草也なんて、どこにも存在しない。終わるどころか始まってもいない、架空の世界の住人だった。

頭でそう理解しようとしても、気持ちが追いつかないままだ。それこそ、夢じゃないのかとさえ疑う。

自分の中に天沢を感じられず、自分自身であるとは未だ実感できない。

落雷の事故で、天沢も怪我をしてなかなか目を覚まさなかったと市来は言っていた。後遺症で記憶が混乱してしまったのなら、納得できる気がする。

——でも。

「寝ぼけてたんだよ。ちょうど夢に見てさ、あの舞台のこと」

「そうなのか？　けど、あんとき違うって……」

「俺、演劇とか初めてだったから、強烈に印象残ってたのかも。新鮮で……そう、楽しかったから」

「楽しかった……あの劇が？」

市来はどういうわけか、不思議そうな顔をした。

夢じゃないとあんまり強く否定したから、信じてもらえないのか。

「だって、自分と真逆の役だろ。他人を演じるって、滅多にできる経験じゃないし。今日さ、偶然隣の物置部屋で舞台の小道具も見つけたんだ。台本とか、全部あって。市来がドラゴンの役なのも新鮮だった」

「ああ……クラスで一番デカいからって押しつけられて」

「寝てるのに身長関係ないよね。ていうか最後、穴に落っことすとか酷いし！」

草也は台本で知り得た情報を繰り出す。

市来の反応は鈍《にぶ》かったけれど、真っすぐにこちらを見つめたまま言った。

「……でも、最後まで寝てればよかったから、俺には向いてたかもな」

ようやくの肯定にホッと胸を撫で下ろしつつも、眼差しが落ち着かない。

温くて緩《ゆる》い夜風に、夏休みに入って一層伸びた気のする男の前髪が揺れる。

チラチラと覗く、黒い切れ長の眸。月明かりはなくとも、街灯にも濡れたみたいに光って映る。

「市来」

草也はいつものように呼んだ。

「ん？」

「わざわざ来させて、ごめ……ううん、ありがとう」

いつも謝ってばかりの草也が、口ごもりながらも言い直した。

「べつに、そんな遠くもないし。俺も顔見たかったから」

市来ははにかんだみたいな表情を見せる。

「それと、ありがとう。昔……助けてくれたのも」

「助けた？」

「入学してすぐの頃だよ。俺、全校集会の後に具合悪くなって、市来が声かけてくれただろ。保健室連れて行ったり、掃除までしてくれて」

嬉しかった。みっともなくて恥ずかしくて、あのときも人生終わったかと思うような衝撃だったけれど、しんどいときに誰かに気づいてもらえて楽になった。

でも、あの思い出もみんな。

「いつの話だよ」

市来は苦笑した。

「そうだな……まぁ、あのきっかけがあったから、奏とは話すようになったんだけど」

照れくさそうに笑う男の眼差しは今もこっちを見ていた。

けれど、草也にはガラス窓を素通りする光のように、自分には向けられていない気がしてならなかった。


どこにでもいてどこにもいないような。

誰かに気づいてほしくて、でも気づかれるのは怖くて。

たとえば野っぱらの草みたいな存在。本当の自分は、美しい花でも大きな木でもなく、気づかれたらきっと『あ、なんだ草か』って言われる。

——なんだ、奏《そう》か。

「……あ」

日曜日。長い夏休みにあまり曜日は関係ないけれど、草也《そうや》は毎朝ほぼ決まった時間にパッと目を覚ました。

目覚まし時計のベルはどこからも聞こえない。隣室の生徒はとっくに帰省していて、反対側は物置部屋。確認するように左右の壁に目線を送り、むくりと体を起こした。

今日で七月が終わる。

食堂に下りても、寮はすでに誰もいないみたいに無人だった。元々、人数の多い寮ではなく、休みでみんな草也ほど早起きはしていないというだけだけれど。

夏休みの朝食は、パンとサラダだけが準備されていて、いつもどおりセルフで食べることになっている。それも、八月の一週目までで、二週目からは寮も盆休みに入り二週間は閉鎖予定だ。

味気ない食事の後、草也はこのところ決まって冷蔵庫の前に立った。銀色の冷凍庫の引き出しを開け、『天沢《あまさわ》』と名前を書いたダッツアイスを確認する。

天沢が戻ったらと思って、用意していたアイス。寮生に人のものを食べる不届き者はいないし、幽霊も幽体離脱も否定されてしまった今、アイスはずっと当たり前にそこにあった。消えない。

「あら、天沢くん、おでかけ？」

昼前、部屋で身支度を整えて出かけようとすると、買い物から帰宅した寮母《りょうぼ》の岡野《おかの》と入口ですれ違った。

「あ、はい」

「今日も暑いわよ〜。帽子とかなくて大丈夫？」

「駅前の本屋に行くだけですから」

「え、本屋さんなの？　その服、デートかと思ったわ。天沢くんらしいわねぇ」

きっちりアイロンもかけて整えたシャツが、『ちょっとそこまで』には見えなかったのだろう。

草也はこれまでと変わらず、むしろこれまで以上に『天沢らしく』いようとした。

羨《うらや》んでいたはずの天沢が自分自身であると知り、天沢にもなりたがっていた誰かがいると、草也には判ってしまった。

クラスではよくできた自分を演じていただけなのか。涼しい顔をして、思春期の面倒くさい闇を抱えていたのはクラスの誰でもなく自分だ。

判ったからと言って、なにも変わりはない。太陽は穴から昇らず、今日も東から昇るし、そもそも昇ってもいなくて地球の自転で見えたり隠れたりしているだけという夢のない現実。幽霊はいないし、死んでいないし、なのに草也は草也のまま。駅近くの本屋まで徒歩十分ほどの距離を、ジリジリと日差しに焼かれる。

自動ドアが開いた途端に包んでくれる冷気にホッとしつつ、二階の参考書コーナーへ向かった。

そういえば、前にやけにしっくりきて購入した一冊も、袖机《そでづくえ》の引き出しに入っていた。使い慣れた本だったのなら、しっくりくるのも当然だ。引いたラインマーカーの位置どころか、選んだ色まで草也と同じで、もはや笑うしかなかった。

袖机にたくさんの参考書を隠したのは、雷《かみなり》に撃たれる前からだろう。猛勉強なんて無縁でも賢くいられた『誰か』になりたくて。

もし、奇跡みたいに生まれ変わるきっかけがあるとしたら。自分を終わらせてしまうことができたなら——

なのに、どうしてそんな奇跡に始めたのが、自分なんだろう。

陸《りく》ではなく、野原《のはら》草也。

「なに、参考書?」

本屋で新しい参考書を買うつもりが、ぼんやり棚を眺めるだけになっていた草也は、声に飛び上がらんばかりに驚いた。

振り返ると、自分と大して変わりない高さに顔があった。

「し、島本《しまもと》っ」

後ずされば、助けに伸ばされる手もないまま頭を棚に打ちつける。幸い大した衝撃でもなかったけれど、島本の両目はびっくりして見開かれた。

「大丈夫？　委員長に似た人いるなぁと思って声かけたんだけど。へぇ、この本屋、こんなに参考書揃ってたんだね」

まるきり買ったことも興味を持ったこともないと判る発言だ。テストの度《たび》に草也……いや、『天沢』を頼ろうとしてくる島本らしく、手には参考書の類《たぐい》ではなくコミックが数冊。

レジまで一緒に向かえば、そのまま吸い寄せられるように併設《へいせつ》のカフェの入口前で島本は足を止める。

「飲んでみたかったんだよ。ここのタピオカフラペチーノ！　季節限定でさ！」

キラキラと丸っこい円《つぶ》らな眸《ひとみ》を輝かせて言われては、寄らざるを得ない。草也も喉は渇《かわ》いていた。

「天沢に会えてよかった〜こういう店って、一人じゃ入りづらいからさ」

「二人でも男だけだと入りづらい気がするけど……」

もっと街中なら、打ち合わせ中の会社員なんかもいたりするのだろうけれど、どちらにせよスーツの男性会社員がデザート系のフラペチーノを飲むイメージはない。

店は今日も学生とカップルばかりで、見つけた空席もテラスの真ん中辺りと市来《いちき》と入ったときと変わりがない。

違うのは、島本と丸テーブルを挟んだところで、草也の胸は凪《な》いだままなところか。市来と入ったときみたいな、そわそわもドキドキもまるでない。

「どう？」

プラカップを女子のように両手で持ち、太めのストローを咥《くわ》えた男に感想を問う。

「んー、美味《おい》しい。けど、氷が多すぎる気がしないでもない。天沢も飲めばよかったのに」

草也はシンプルなアイスコーヒーを飲んでいた。

「甘いの好きじゃなかったっけ？　アイスとか」

「アイスはしばらく食べないでいようと思って」

「なんで？　ダイエット？」

きょとんとした顔で問われても、草也の中にも明確な答えはない。

今更、天沢が戻るようにと願懸《がんか》けしたところで意味はない。

草也はこれ以上突っ込まれまいと、逆に尋ねた。

「そういえば、気になってたんだけどさ。うちのクラスって、なんでいつも花が飾られてんのかな」

「花？　窓際の机のやつ？　松野《まつの》さんが持ってきてくれてるんじゃなかったかなぁ。ほら、あの子の家、花屋だから」

「それは知ってる。けど、なんでかなって。その、誰か亡くなっ……」

「売れ残ったんじゃない？」

飲みたかったドリンクを前にし、ご機嫌な表情のまま島本は答えた。

「売れ残り……」

「だって、ほかになにがあんの？　まぁ、空き机に花瓶《かびん》とかあると、ドキッとしちゃうよね。誰か死んじゃったみたいで」

言い切り、ズズッとストローを鳴らす。

「そっか……そうだね」

同意した草也はもう、つられたようにアイスコーヒーを飲むしかなかった。

「天沢、なんか鳴ってるよ？」

目線で示され、ハッとなってテーブルのスマホを手に取る。急いで確認したにもかかわらず、ブレーキでもかけたかのようにそのまま動きを止めた。

「ライン？」

「うん」

「誰から？」

また軽くブレーキをかけつつ、ぼそっと答えた。

「……市来」

しばらく画面を見据《みす》えただけでテーブルにスマホを戻せば、島本がストローを咥えたまま滑《かっ》舌《ぜつ》も悪く突っ込んだ。

「へんり、しないの？」

「返事は後でする」

「え、きろくスルー？　ひろっ……なに、なんかヤバイことでも書いてあった？」

「判らないけど」

既読スルーどころか未読。通知で待ち受け画面に表示されたのは、『そっちに行ってもいい？』という、メッセージの冒頭だけだ。

続きを確認する前から返事を躊躇《ためら》った。

三日前、市来は夜更《よふ》けに寮へ来た。だから、また寮へ行ってもいいかという意味なのだと思った。

昼の寮は、友達が遊びに来ても問題はない。不都合があるのは草也のほうだ。

「なんだよ、市来とケンカでもしたとか？」

「まさか、そんなんじゃないよ」

即答するも、島本は疑いの眼差しのままだ。プラカップの底に貼りつくように残ったタピオカを必死で吸い上げ始めたかと思えば、小休憩とばかりに一息つきつつ言う。

「天沢と市来ってさ、仲がいいのかそうでもないのかわかんないよな〜。俺が前に訊いたときも、『友達じゃない』とか即答してたし」

「えっ、そうなの？」

「そうなのって……」

「ご、ごめん、ちょっと記憶がぼんやりしてて」

『ちょっとじゃない』と眼差しに指摘されつつも、逃げ惑うタピオカと再び格闘を始めた男に、草也は恐る恐る問う。

「それって、いつの話？」

「んー、文化祭のとき？　あんな舞台になってもおまえと市来でどうにか纏《まと》めたから、『息合うね』って言ったら速攻で否定されちゃって」

ズズッとまたストローが鳴る。

「あんな舞台って……」

「『市来は本当の俺を知らない』とかっておまえ、勇者の格好したまま真顔で言うんだもんな〜『委員長』じゃなかったら引いてたかも。委員長でもちょっとは引いたけど。でも、なんか……納得もした」

「納得？」

「だって、天沢ってクラスの誰とも友達じゃないっぽいし。誰とでも上手くやるけど、誰にでも壁あるみたいな？　それが、文化祭のときだけだいぶ薄くなってる感じがしたんだよな」

野原草也を演じたときだけ――

島本は小首を傾《かし》げるようにして草也を見た。

「今もかも」

「え？」

「最近の天沢、俺好きだよ〜？　小テスト忘れてたって言われたときはどうしようかと焦《あせ》ったけど」

へらっと笑う島本は、甘えることに悪びれた様子はない。言われてみれば、そのせいかいつもの『委員長』呼びが天沢に変わっていた。

「俺も天沢をリスペクトして、一冊くらい参考書買って帰ろうかなぁ。勉強なんてやんなくてもデキる奴はデキるし、デキない奴はどうしたって一緒って気がしてたけど。天沢でも頑張った成果だってんなら、俺もやれば少しは変わるかもしんないし」

「……うん、俺は頑張ったら変わったよ」

草也が頷いて笑むと、ヨシと声を上げた男は、いつの間にかタピオカの綺麗になくなったプラカップでテーブルをトンと叩いた。

キャラまで変えたのかと思いきや、円《つぶ》らな眸を輝かせて言った。

「だから、それでも判んないとこあったら教えてな？」

電車で帰る島本とは、店の前で別れた。

まだ日差しは高く、歩道は暑さにうんざり顔の人が行ったり来たりしている。草也も歩き出そうとして、すぐに本屋の入口の日陰に引き返した。

スマートフォンを取り出すためだ。確認した市来のメッセージに、通知以上の本文はなく、『ごめん、今出かけてて』と送るとすぐに返事はきた。

『知ってる。本屋だろ』

『えっ』となって周囲を見回す。ラインを受け取ってから小一時間ほどが過ぎていて、市来の姿はあるはずもなく、目についたのはさっきまでいたカフェのテラス席だ。

ウッドデッキで軽い隔《へだ》たりはあるけれど、歩道からはよく見える位置にある。

『市来、今どこ?』

草也は慌ててまた送った。

この三日、市来からの連絡には、当たり障《さわ》りのない返事しかできないでいた。

自分が天沢だと知った途端に、どんな風に市来と接したらいいのか判らなくなった。

天沢の自覚もないのに、これで気兼ねなく付き合えるなんて、開き直りはどうしてもできないまま。

「……うさぎ？」

返事のスタンプに、草也は首を捻《ひね》った。

ヘタウマなイラストは未知なる生き物にも見えるけれど、傍《かたわ》らの人参から察するにウサギだろう。

まさかと思いつつも、草也は日差しの中に飛び出した。元来た道を急ぐも、目指しているのは寮ではなく途中の学校だ。

半信半疑で向かった中庭のウサギ小屋。Tシャツにハーフパンツの緩い姿で、市来はフェンスの前にしゃがんでいた。いつかと違っているのは、ウサギたちがやけにわらわらと集まっているところか。

足元の青いバケツの中から、キャベツを差し出す男は、息を切らした草也の姿に目を瞠《みは》らせる。

「第一ヒントで来るとは思わなかった」

「だっ、第二ヒント、くれる気あったのっ？」

問う草也は、罪悪感でいっぱいだった。

「ごめん、さっきは返事しなくてっ！」

市来はあの場にいたとしか思えない。『そっちに行ってもいいか？』とは、もしかするとカフェのことだったのかも。

「いいよ、俺も本屋の前にいたの言わなかったし。べつに隠したつもりはないけど、通りすがりにたまたま見かけて」

「島本とはあそこで偶然会ったんだっ！　本屋で声かけられて、さっ、参考書見てたらっ……」

言い訳がましくとも伝えずにはいられない。草也も必死だけれど、それ以上に必死なものたちに目を奪われる。

市来が宙に浮かせたままのキャベツをどうにか得ようと、フェンスに鼻先を突っ込むケモノたち。白、茶色、ブチ柄と、総勢十匹あまりのウサギのファミリーは網目《あみめ》を埋《う》めるように並んでいる。

「その野菜どうしたの？」

「ああ、近くのスーパーでもらったんだ。俺も生物部の一員になったもんで」

「入ったのっ？」

「入ってはないけど、スカウトされた」

市来は笑い、それぞれキャベツを得たウサギは満足気に口をモグモグさせ始めた。

「時々見てたら、生物部の奴に『ウサギ、好きなん？』って訊かれて。夏休み中、時々でもいいから午後の餌《えさ》やり手伝って欲しいって。まぁチビたちに見せてもいいって言うし、週二ならいいよって引き受けた」

「そうだったんだ」

妹や弟も連れてきていいと言われたのが、市来が決めた理由に違いない。

「俺みたいなのに任せるなんて、あいつらも適当だよなぁ」

照れ隠しにか悪ぶって言う男は、目を細めて苦笑した。

「そんなっ、市来が本当にウサギが好きで、いい奴だって判ってたんだよ」

「そうか？」

「そうだよ！」

たかがウサギ、されどウサギだ。信用に値《あたい》しなければ、生き物を任せようとするはずがない。

ついラインのことも忘れて真剣になる草也に、市来はまた少し笑い、「そっか、ならいいけど」と呟いた。

日陰の中庭は熱気も和《やわ》らぎ、校舎の谷間に流れるように覗く青空が美しく見えた。順に野菜を配る男の眼差しも穏やかで優しくて、思わず見入ってしまう。

いつも意識していた男の横顔。密《ひそ》かな片想いの記憶の市来は、そういえばいつも左から見る横顔だった気がする。

そうだ、自分は左隣の席にいて――

目の前の唇がまた動いた。

「俺も判ったよ」

「え？」

「おまえさ、本当に『草也』なんだろ？」

聞き違えかと思った。

「え……」

「こないだ言ってたこと、信じられなかったけど、よく考えたらあの雷の事故から、おかしなとこいっぱいあったなって。急に神社回ってお祓《はら》い始めたり、テストも猛勉強したり……前から頑張ってたに決まってるけど、おまえはクラスの連中の前でそんな素振り見せる奴じゃなかった」

「そ、それは……」

「なにより、俺と付き合うって言い出した」

言葉は失われ、草也は息を飲んだ。

「だから、奏じゃないってんなら、納得いくなって」

無言でぶるぶると首を振るだけで、精一杯になる。無理矢理に喉《のど》から声を絞《しぼ》り出せば、悲鳴じみた声に変わった。

「あれは寝ぼけてたんだよ！　そっ、草也なんて、ただの役の名前じゃないか」

仰《あお》ぎ見る市来は表情を変えないままだ。

「だったら、文化祭の舞台のラストは？」

「ラスト？　最後は……あ、ボタンを押すんだったろ。ドラゴン役のおまえにバレないように

押して、太陽の昇る穴に落っことすんだ。それで村にはまた朝がきて、俺は晴れて英雄になって、『みんなよかったね！』『お幸せに！』ってハッピーエンドで」

「台本はな」

「え……」

「実際は、おまえが照明のコードに足引っかけて、ライトを倒した」

息づくような洞窟。夢の中で見た深くて大きな洞穴《ほらあな》は、どこからともなく射し込む光で満たされ、青く照らされて見えた。

あの青い光の正体は、単なる照明だったのか。

「そんな、まさか……俺はライト倒すような間抜けじゃ……」

「しっかり者の天沢なのにか？　でも、おまえは思いっきり躓《つまず》いて、俺が飛び起きて受け止めなかったら舞台に大の字にすっ転んでた。ドラゴンが目覚めたせいで、舞台は台無し」

市来が嘘を言っているわけではないのは判る。

そういえば、島本の口ぶりもおかしかった。舞台の体裁《ていさい》を、なんとか天沢と市来で取《と》り繕《つくろ》ったようなことを言っていた。

市来の立ち上がる気配に、草也は身を竦《すく》ませる。

「おまえ、草也なんだろう？」

無意識に唇を噛み締め、草也は顔を俯かせた。しばらくじっとしたのち、意を決したつもりで発した声は自分でもびっくりするほど弱々しくて、泣き出しそうに小さくなっていた。

「……おかしいだろ、こんなの。びょ、病院とか行ったほうがいいと思ってる？」

肩先が震える。さっきまで日に焼かれて浮かべた汗に、今は体を冷やされる。

心まで冷たくなった。幽霊だと思い込んでいたときのほうが楽観的でいられたなんて、おかしな話だ。

多重人格。記憶障害。不穏な単語が頭を巡って、ついには『そうか、やっぱりキツネ憑《つ》きなのかも』なんて現実逃避。

「おまえはどう思ってるんだ？」

「夏休みが……夏休みが終わるまで待ってみようと思って。天沢は真面目だから戻ってくるかもしれないし」

自分のことを、他人のことのように言う草也に、市来は戸惑いの表情だ。判っていても受け入れがたい現実を突きつけられたみたいに。

「期末テストにも戻らなかったのにか？」

「わかんないけど、もしかしたらって」

「戻るわけないだろ」

強い声で否定され、ビクリとなる。

市来は軽く息をつき、声を和《やわ》らげ繰り返した。

「戻るわけない。だって、最初からおまえなんだから」

一歩歩み寄られると、草也は自然と一歩身を引いた。

「で、でも、俺は天沢だって言えるのかな。みんなが見ていた天沢じゃないのに」

「……どういう意味だ?」

「俺が天沢だとしても、ただの天沢の中の落ちこぼれだよ。天沢の中の……いらない部分なんだと思う」

どこにでもいてどこにもいない。

心の中に潜《ひそ》めた自分。人目につかないようにと奥へ封じ込んだ、いつもと違う自分。

みんなきっと多かれ少なかれ、そんな『自分』を抱えているのだろうけれど、それがなりきりの幽霊、曜日ごとのシフト制というフザケタ形で表れるなんて。

「なに言ってんだ。いらない部分なんて、あるわけないだろ。だったら、なんでおまえはここにいるんだ?」

気づけばもどかしげな眼差しが、草也をじっと見ていた。

「市来……」

「おまえがおまえをいらないって思ってたんなら、現れるのだっておかしいし、おまえを残して『天沢』のほうが消えたりしないんじゃないか?」

「それは……俺のほうがずうずうしかったからだよ」

それはきっと、市来と一緒にいたいと願ったからだ。

あの日、天沢が現れなくなったあの朝。自分は市来と出かけるのを楽しみにしていた。本当は動物園に一緒に行きたかったたし、会いたかった。

ずっと一緒にいたいと望むようになった。

「奏」

「俺が天沢なら、おまえの思っているような人間じゃない。大事な舞台も台無しにする間抜けで……本当は、自分のことしか考えてない、外面《そとづら》ばっかりのダメな奴だよ」

草也は地面に向けて言い捨て、振り切るように背を向けた。


「あの……どうかしました?」

宅配の受け取りでサインをした草也は、さらりと書いた『天沢』の文字に目を釘《くぎ》づけにし、玄関先の配達人を戸惑わせた。

「あ……いえっ、おつかれさまです」

慌てて伝票から視線を引き剝がし、ニコッと笑顔を添える。

荷物の受け取りの間に、表の熱気は遠慮なく家へと滑《すべ》り込んでいた。草也は温《ぬる》い空気に包まれ、実家に届いたばかりの大きな箱を前に立ち尽くす。

「奏、荷物なんだったの〜？」

キッチンから母の声がする。

「お花。大きな花だよ、奈津江《なつえ》叔母さんから」

「奈津江ったら、気を遣わなくていいって言っておいたのに。お父さん、奏と一緒に仏間《ぶつま》に飾ってくれる？」

母と妹の美結《みゆ》は昼食の用意に忙しい。リビングダイニングのテーブルで手持ち無沙汰《ぶさた》にテレビを観ていた父は、指名を受けて「ああ」と立ち上がった。

遠方に住む叔母の送ってくれたアレンジメントの花は、陸の年忌法要《ねんきほうよう》の供花《きょうか》だ。

草也は八月に入ってすぐ、実家に帰省した。お盆まで戻らないと思われ始めていたらしく、妹にも両親にも驚かれた。

家を避け、今度は市来から逃げるように寮まで避けて、どうしようというのだろう。

自分は何者なんだろう。

宅配伝票に無意識に走り書きした文字は、天沢の整った字に酷似《こくじ》していた。

隅々まで、記憶と違わない生家。母も父も妹も遺影の兄も。違和感なく存在しているのに、ちぐはぐに草也の意識だけが変わらず草也のままだ。

「ねぇ、お盆休みって、病院は全部閉まってるんだっけ？」

昼食は『軽く素麺《そうめん》にしましょう』と言ったのに、テーブルに着くと大皿には唐揚《からあ》げが盛られていた。草也は箸《はし》が伸びないまま、ぽつりと問う。

向かいの席の母が、即座に反応した。

「病院って、どこか悪いのっ？」

「悪いって言うか……お盆休みの間、どうだったかなって」

長男の七回忌を前に、双子の片割れの弟が精神的な病かもしれないなんて、言えるわけがない。

慌てて適当に言葉を濁《にご》すも、母は心配顔のままだ。

「本当に大丈夫？　親元離れてるんだから、健康管理はしっかりしないと。学校の健康診断だけじゃ足りないんじゃない？　ああいうのって、基本的な検査だけでしょう？　やっぱり奏も、お父さんと一緒に人間ドックを……」

「大げさだよ。まだ、十六だよ？　中年じゃないんだから」

「若くたって病気になる人はいるでしょ。ねぇ、お父さん？」

母親に同意の眼差しを向けられ、息子に中年と線引きされた父は、居心地の悪さからか点《つ》けっぱなしのテレビに集中した振りで生返事だ。素麺を氷の浮かんだガラス鉢《ばち》からつゆ鉢、そして口へと運ぶ一連の作業をロボットみたいに繰り返している。

唐揚げを頬張る美結が、代わりに核心《かくしん》でも突くように言った。

「お母さん、素直に淋しいって言えばいいのに」

「えっ」と母と息子は声を揃えそうになる。

「美結、お母さんはただ心配して」

「それ！　遠くに住んでると、できることって言ったら心配するくらいって、いっつも愚痴《ぐち》言ってるじゃない。寮生活なんて、様子も判らないしもどかしいって」

「それは……」

「あとは、たまに帰ったときに唐揚げ作るくらい？」

箸が伸びないでいる草也のほうを、夏らしい纏《まと》め髪で、少し会わないうちにまた大人びた気のする妹が見た。

「奏にぃ、食べないの？　美味《おい》しいよ？　好きでしょ、唐揚げ」

「うん、まぁ好きだけど。唐揚げがすごい好きだったのは……」

自分よりも陸のほうだ。なのに今も帰省の度《たび》にお約束のように食卓の真ん中に盛られて出てくる唐揚げは、偶然とは思えない。

料理上手な母の唐揚げがプロ顔負けの味なのは判っている。けれど、どんな顔で食べるのが正解なのか。陸のように大袈裟《おおげさ》に喜んで見せるべきか。陸はどんな声で『美味しい』と言っていたっけ。どんな表情で頬張っていたのか。

陸は。陸は――

唐揚げの食べ方一つまで意識する。

家にいると、あれもそれもなにもかもがそんな調子で、プレッシャーのあまり高校は寮に入りたいと考えるようになった。


翌日は晴れていた。

草也が実家に戻ってから一度も雨は降っておらず、陸の七回忌も午前中からもくもくと力強く入道雲が聳《そび》えるような夏らしい一日だった。

お盆と重なり、僧侶を呼ぶのは大変だったらしい。判っていながら、頑《かたく》なに命日に拘《こだわ》ってきた母が、「次は少し早めにしようかしらね。陸も、気忙《きぜわ》しいのは嫌だろうから」と冷静に言い出したのが意外だった。

招いた親族も帰って落ち着いた夕暮れ時、仏壇の前に母が一人で座っているのに気がついた。父がマイホームを建てた当初は、殺風景《さっぷうけい》な客間だったのに、六年前に仏間に変わった和室。

「母さん、どうしたの?」

「ん、お花、綺麗ねと思って」

ドキリとして声をかけるも、叔母のくれた花を眺めていただけのようだ。

「やっぱり色鮮《あざ》やかな花は明るくなるし、温かみもあっていいわねぇ」

隣に何気なく座った草也は、言われて初めて「あれっ?」となった。叔母の花が一際華やかなのは、大きさのせいばかりではない。母の好きなピンクのガーベラも、寄り添うようにアレンジに加わっている。

「お供えのお花はね、七回忌くらいからは白でなくてもよくなるのよ」

「そうなんだ、知らなかった」

「六年も経ったのねぇ、本当に。時間って、立ち止まろうにも勝手に過ぎてしまうんだから」

暦《こよみ》の数字よりも、小さな変化にこそ月日の流れは実感できるものかもしれない。

「それ……」

仏壇やその周囲には、花だけでなく菓子なども供《そな》えられ、経机《きょうづくえ》には異彩《いさい》を放つものが並べられていた。

赤と青の二つのプラスチックのお面。

「陸の部屋を整理していて見つけたの。夏らしいかと思って、飾ってみたんだけど」

「縁日で買ってもらったやつだよ。こっちの青いのは俺の。なくしたと思って忘れてたけど……陸の部屋にあったんだ、懐かしいな」

夏の始めに縁日の屋台で買ってもらった。どちらも特撮ヒーローのお面だけれど、番組は違っていて、青い面には猫耳がついている。

「そうだったの？　赤いほうは、陸にねだられて買ってあげた覚えがあるんだけど」

お面は二つでも、母の記憶は一つ。同じ兄弟で同じ顔でも、陸のほうがいつも思い出深いことに慣れ過ぎ、草也は瞬《まばた》き一つの反応も見せなかった。

そもそも、陸の部屋はものが多い。同じ広さの部屋ながら、雑然として見えるのは買い与えられたものの量の違いだ。

生まれたときには同じベビー服を着て双子用のベビーカーに収まり、なんでもお揃い色違い。初めて違うものを手にしたのはいつだったんだろう。

「あなたは昔っから大人しい子だったものね。たまに欲しいものをねだられると、ホッとしたもんだわ」

「え……」

「いつも奏に買ってあげようとすると、要領のいい陸も必ず『自分も』って言い出すの」

懐かしむ母は、目を細めてふふっと笑った。

「そうだ、写真にも写ってたわ。ほら、あなたのお面も陸が被《かぶ》ってるからてっきり」

「貸したんじゃないかな。俺のはマイナーな番組のヒーローであんまり人気なかったから、売ってるの陸も珍しがってたし。ていうか、母さん、この写真でよく判るね」

一卵性の双子だろうと、両親や妹が見紛《みまご》うことはないけれど、写真となると別だ。

同一人物ですら、ちょっとしたアングルや表情の違いで別人に見える写真では、双子の区別は一層《いっそう》難しい。

「母さん、ドット絵でも区別つくんじゃないの……」

感心しつつ、手渡されたアルバムを何気なく捲《めく》る草也は、ある写真のところで手が止まった。

「このパーカー……」

鮮やかな青いナイロンパーカーを着た自分がいる。

「ああ、陸の気に入ってたパーカーね」

「俺のだよ。ほとんど陸にあげたも同然だったけど……」

――そうだ。

サイズが同じなので、服や靴などの貸し借りは幼い頃から頻繁《ひんぱん》にあった。

あのキャンプでも、陸に貸した。けれど、昼から小雨がパラついてきて、クシャミをしたら「これ着てろよ」と返されたのだ。「陸はいいの？」と訊いたら、「俺は平気。その代わり、川に釣り行くの付き合って」と悪戯《いたずら》っぽく陸は笑った。

覚えている。羽織《はお》ったナイロン地のパーカーを叩いた雨粒の音。濡れて滑《すべ》りそうな黒い石を避け、川沿いを上流へ向けて二人して並び歩いたことも。

半歩先を行く陸が、時折自分のほうを振り返って見せた笑顔。

あのとき、母が陸と勘違いしたのは――

「母さん」

顔を起こして見つめれば、母親は不思議そうに首を傾げる。

「母さん、俺……」

「はい。じゃあ、これは奏に返しておくわね」

「え、ああ……うん」

青いネコ耳のお面を手渡され、草也は戸惑いつつも受け取った。

「そうだ、食べたいものがあるなら、こっちにいるうちに言っときなさいよ」

「え……」

「奏はなんでも食べてくれて助かるけど、なにが好きなんだか判りにくいのよねぇ。訊いても『なんでもいい』なんてお父さんみたいなこと言うし」

主婦の永遠の悩みだとでも言うように、母は溜め息をつく。

「特に好きなものとかないの?」

「え、あ、アイス」

不意に問われ、素直に応えると苦笑されてしまった。

「もう奏ったら、それはデザートね」


「本当に帰るの?」

玄関先の母は、それこそ本当に淋しそうな表情で言った。

連休はまだ続いている。父も家でのんびり寛《くつろ》いでいるというのに、草也はお盆が明けると同時に『寮に帰る』と告げた。

「ごめん、急にこっちに帰ってきたから、そのままにしてきたことあって……」

「せめて週明けまでいたら？　電車混んでるんじゃない？　今帰っても、寮にまだ誰もいないでしょ？」

畳《たた》みかけるように言う母のエプロンを、隣から美結が引っ張り首を振った。母は途端に気まずそうな表情へと変わる。

「あのさ、秋の連休もまた帰ってきていい？」

草也は笑って言った。

「あっ、当たり前でしょ。あなたの家なんだから」

息子の言葉一つで、母の表情は和《やわ》らぐ。

こんなに単純な親だったかと不思議な気持ちになった。

一体、自分はなにを難しく考えていたのだろう。

「奏、駅まで送る」

口数少なく見守っていた父が、母と美結の後ろから言い、車を出してもらうことになった。

草也は助手席に乗り、出発する。住宅街の路地を走り出した車の中で、ふとバックミラーを覗けば、門扉《もんぴ》を開けて道路まで出てきた母の姿が見えた。

——今生《こんじょう》の別れでもないのに。

「母さんって……母さんなんだな」

「なんだ、それは」

父の突っ込みに草也は笑い、膝上の大きなナイロンのボストンバッグをただ少し強く抱いた。

自分はこれまで、ちゃんと見ているつもりで、なに一つ家族を見てやしなかった。勝手に誤解して捻《ひね》くれて、本当に誰も求めていやしない陸に近づこうとしていただけ。

誰よりも、自分の中に陸を探していたのは自分だ。

あげくに——こんなメチャクチャな自分に付き合い、草也の存在まで信じてくれた市来を突《つ》っぱねてしまった。

「じゃあ、父さんまた」

「ああ」

道は空《す》いていて車はスムーズに着いたけれど、駅は混んでいた。

Uターンラッシュが始まったせいだろう。幸い時間さえ気にしなければ特急でなくとも帰れる距離なので、気長に揺られる覚悟で電車に乗った。

市来に会いたかった。

自ら避けたくせして、芽生《めば》えた我儘《わがまま》な願い。会いたいのに、同じくらい会うのは怖い。ラインは止まったままだ。草也が実家に帰ると返信したきり、市来からの反応はなく、もう呆れて連絡をする気をなくしたのかもしれなかった。

無事に座れた電車の中で、草也はスマートフォンと睨み合った。

『拝啓。市来一馬《かずま》様、暑い日が続いてますが元気にお過ごしですか？　俺は兄の法事が無事に終わって帰るところです。双子の兄の陸のこと、話してたと思うけど』

天沢への日記を書いたときと同じ。構えすぎてふざけているかのような書き出しながら、久しぶりの連絡を取ろうと大真面目に綴《つづ》るも、なにをどう伝えていいか判らない。

書いては消し、消しては書いて。言葉への自信のなさは、結局自分に天沢としての自覚も思い出の一つもないからだ。

シフト制で交代していられた頃。

月曜、水曜、金曜日、元どおりに天沢だった自分は、思い出をちゃんと抱えていたんだろうか。

火曜、木曜、土曜日、本当はどこにもいないはずの草也は、ただ市来を好きという想いしか持っていなかった。

大切な記憶を残した天沢ではなく、どうして落ちこぼれの自分のほうが草也として残ってしまったんだろう。

——なんでかな。

「……なんで雨」

電車を乗り継ぎ、ようやく辿《たど》り着いた寮の最寄《もより》駅で草也は溜め息を零した。

なんでもなにも、天気予報を見ていなかったせいだけれど、雨が降っていた。当たり前に傘《かさ》をパッとさして通りへ出て行く人たちを横目に、草也も勢いだけで歩き出すも、狙い定めたかのように雨脚が強くなった。

折り畳み傘はおろか、タオルの一枚すら持っていない草也がバッグから取り出したのは、懐《なつ》かしさに持ち帰ったお面だ。帽子程度の役割しか果たさないけれど、ないよりマシだろう。

頭に乗せて被ればパラパラと音が鳴る。

駅を離れるほどに、住宅街の路地は世界が草也一人きりであるかのように静かになった。雨音ばかりが響く、濡れたアスファルトの黒い道。学校の前を過ぎり、小さな橋を越えてしまえば、寮まであと少し。

草也は橋の上で立ち竦《すく》んだ。

ビニール傘が高い位置で揺れる長身の男が、こちらへ向かって歩いてくる。

傘の下で、伸びた前髪を鬱陶《うっとう》しそうに掻き上げる市来と、目が合った。

「奏」

声に弾《はじ》かれたように、草也は後ずさりした。

「なんで……」

結局、電車ではラインも送れずじまいだった。

まだ言葉が見つからない。まだ、なにも——

条件反射で踵《きびす》を返し、橋の手前の道を左へ曲がった。

知らない道だ。学校へも寮へも駅へも向かわない、どこへ続いているのかも定かでない道を、草也はただ逃れたいばかりに突き進んだ。

「奏っ！」

呼ばれても足を止められなかった。会いたくて会いたくて、どうしても会いたいと戻ったくせして、本人を前にすると逃げてしまう自分は、本当に体に真っ二つの意思が宿《やど》ったみたいにちぐはぐだ。

川沿いの道は、車二台がすれ違うのがやっとの狭さでほかに人影もない。走り出す間もなく追いつかれる。

「草也っ！」

腕を摑まれ、草也は咄嗟《とっさ》に雨避《よ》けのお面をずるっと引き下ろした。傘を差しかけようとする男を押し退《の》け、一歩二歩と後ずさる。

「そ、草也じゃない」

「じゃあ、奏なのか？」

無駄な足掻《あが》きに、市来の声も困惑気味だ。

草也は無言で首を振る。仮面のように顔を覆い隠した青いネコ耳ヒーローのお面だけが、マイペースにパラパラと音を奏《かな》でる。遠くでゴロゴロと鳴る雷が、ドラムの音みたいだ。

「おっ、俺は市来の思ってくれてたような奴じゃないから」

「……それはこないだも聞いた」

男の溜め息に、ノミの心臓がきゅっと縮《ちぢ》む。

二週間経ってもまだ繰り返すつもりかと、責められているようだった。

「ごめん。違ってたんだ……本当の俺は、勉強だって参考書山ほど隠し持ってるようなガリ勉だったし、自分に自信なんてちっともなくて、だから市来に釣り合う人間なんかじゃないから……」

草也は必死で言葉を掻《か》き集めて広げなおして、ハッとなった。

プラスチックのお面越しの狭い視界の中で、市来も同じく目を瞠らせる。

——釣り合わない。

以前も、天沢がそう言っていたと聞いた。

「もしかして……おまえが俺に言った『釣り合わない』って、そういう意味だったのか？　あれは、俺がおまえに釣り合わないって意味なんだとばっかり……」

きっと逆だった。

本当の天沢を知った今は、そうとしか考えられない。

「なんだよ、それ……俺はそんな訳の判らない思い込みで、おまえに振られたのかよ。俺はおまえを一つも知らないと思われてたのか？」

市来の声は淋しげに響き、草也はお面の下で目を瞬《しばたた》かせた。

睫毛《まつげ》をバサバサと鳴らすように何度も。

「俺、優等生になりたかったんだ。優等生って言っても、真面目すぎる奴じゃなくて、なんでもこう……さらっとできて、格好よくて、みんなに必要とされるような……昔、双子の陸がそんなだったから」

「知ってるよ」

あっさりと応《こた》える市来は、逸《そ》らしかけた視線を草也に戻し、きっぱりした声音で言った。

「知ってる。おまえが格好つけで、結構なコンプレックスの塊《かたまり》なことくらい、最初っから」

市来に助けられた日のことを思い出した。全校集会で気分が悪くなり、助けてもらったあの日。

初めて言葉を交わして、好きになった日のことは、忘れずに覚えている。

どういうわけか、草也の記憶としても。

情けない姿を見せたからか、どうしても忘れられない一日だったからなのか。

「もうどっちでもいいよ。おまえが奏でも草也でも」

顔さえ隠した草也を、市来は揺るぎない眼差しで見つめた。

「どっちでも天沢だから？」

「そうだよ。どっちもおまえだし、どちらだろうと、おまえが俺を好きだってんなら……それさえ本当なら、あとはどうだっていい」

「市来……」

雨に濡れた手を、草也は無意識に胸元にやった。

ぎゅっと水色のコットンシャツの胸ポケットの辺りを摑んだところで、ゴロッと雷が大きく鳴った。雨雲を閃光《せんこう》が走り、吹き抜けた強い風に顔を覆ったものが浮き上がる。

ゴム紐《ひも》一本で頭につけただけの、頼りなく軽い青いネコ耳のお面。

一息で飛ばされ、「あっ」となった。

「奏、おまえ……」

狼狽《うろた》える草也は涙顔だった。お面の下で瞬きを繰り返していた両目はびっしょりと濡れて、頬には涙の道筋がいくつもあった。

プラスチックの面はすぐ後ろの電柱にパンと弾かれ、川岸へと舞い落ちた。

「奏っ、やめろっ！」

ガードレールを越えてでも拾おうとする草也を、市来が焦《あせ》り声で止める。

「でもっ」

「諦《あきら》めろ、危ないから……」

「あれは陸と一緒に買ってもらったものだからっ！」

草也の叫びに、市来は一瞬息を飲んだように見えた。

突然ガードレールを長い足でひょいとまたいで驚く。

「市来っ⁉」

「大事なものなんだろ？」

「まっ、待って、摑まってっ！」

川岸は急こう配で護岸《ごがん》も施《ほどこ》されていない。手つかずに生《お》い茂った草は、すぐにも足を滑らせそうに濡れて光っている。

山のほうでは早くから雨が降っていたのか。普段は水量の少ない小さな川は、いつもより勢いを増して流れていた。落ちれば瞬く間に体を持って行かれそうな、底の見えない流れだ。

「市来っ！」

草也は身を乗りだし、支えようと両手で市来の左手を摑んだ。

あのキャンプを思い出し、ぎゅっと手に力が籠《こも》る。あと少し。もう少しで届きそうなところに落ちたお面を拾い上げようと、市来は無理な姿勢で手を伸ばした。

「市来っ、もういいよっ、危ないからっ！」

「あとちょっとだっ！」

「いいからっ、もうっ……」

ゴロッと再び雨雲が唸《うな》りを上げる。ほとんど同時に薄暗い空を裂くような光が走り、草也は頭の奥までパッと強く照らされた感覚に見舞われた。

脳裏《のうり》にチラつく景色。一天《いってん》にわかに掻《か》き曇《くも》ったかのような灰色の空。春にはまだ冷たい風が、陰鬱《いんうつ》な色をつけたみたいに天の高いところでうねっていた。

終業式の後に見た空の色だ。

今日と同じ荒天《こうてん》だった。草也が終わったつもりで、本当は始まった日。

あの日と同じように、雷鳴と共にほとんど横殴りに飛んでくる雨粒に身を打たれながら、体育館の陰で聞いた声を思い出した。

『本当に？』

市来の声。

『本当って、どういう意味？』

問い返した自分の声。

『だから、俺を好きじゃないって言ったの。それは本気なのかって訊いてるんだよ』

『本気だよ。だって……おまえと俺とじゃ釣り合わないだろう』

ゆっくりと動き始めた時間は、坂道でも転がり出すように、次々と二人の会話を脳裏に蘇《よみがえ》らせる。

話はもう終わったとばかりに、教室へ戻ろうと歩き出した自分と、背中で聞いた男の声さえも。

『待てよ、奏』

本格的に降り出した雨から逃《のが》れようと、渡り廊下のほうへ向かい、自分はそれを目にした。鳴り響く雷から逃れようと、どういうわけか校庭の木の下へ集まったクラスメイトたち。五、六人はいた。稲光《いなびかり》に女子がキャアと悲鳴を上げ、咄嗟《とっさ》に駆け寄った。

『みんな、早くそこを離れろっ！』

樫《かし》の木の下だった。こんもりとブロッコリーのように葉の茂った大木は、校庭の端に並んだどの木よりも背が高く、落雷の可能性があった。

『奏っ、行くなっ！』

同じく危険を察し、止めようと追いかけてくる市来の声が聞こえた。

放ってはおけない。奏は使命感に突き動かされ、樫の木へ向けて疾走《しっそう》しながら、『みんな出ろっ！』と叫んだ。格好つけなどではなく、守らなければという一心だった。

「委員長！」と叫び返したのは、島本《しまもと》だったのか、ほかの誰かだったのか。

次の瞬間、なにか巨大な隕石《いんせき》でも落下したような轟音《ごうおん》と共に、視界が真っ白に染まった。

自分の伸ばした手も腕も、なに一つ見えず、上も下も判らなくなった奏は、その場に倒れた。

ぽつりと目蓋《まぶた》を打った雫《しずく》に、ふっと意識が浮上した。

一粒じゃない。頬に、額《ひたい》に、唇に。ぽつりぽつりと、休む間もなく顔や体を打つ大粒の雨。

「奏《そう》！」

誰かが自分を呼んでいた。

目蓋を落としたままでも、声の主を奏ははっきりと判っていて、『そんなに強く呼ばなくたって、聞こえているのに』と夢うつつで思った。

「奏っ！」

そうだ、あのときも血相《けっそう》を変えて呼んでくれた声。

意識が飛んでいて、顔は見られなかったけれど覚えている。いつも飄々《ひょうひょう》としていて、慌てたりしそうにない男の、酷《ひど》く焦《あせ》って怯《おび》えているようにさえ感じた声。

「奏っ、目を開けろっ‼」

君は必死で呼んでくれた。

——僕の名前を。

「……市来《いちき》」

震わせた目蓋を、奏はゆっくりと起こした。

視界に飛び込んできたのは、覗き込む男の安堵の表情と、背後でうねる黒い雨雲。

背中が硬くて冷たい。市来は右手に青いお面を持っていて、拾い終えた彼を川岸から引っ張り上げようとして、勢いをつけすぎて転んだのを思い出した。

奏はアスファルトに伸びていた。

一瞬、気を失ったらしい。

「市来、久しぶりだね」

さっきまでの自分も自分の中に確かにいるのに、同時にずっと遠くにいた自分も一緒くたに混在していた。

「おまえ、なに言って……」

いつもさらさらの男の長めの前髪が、雨に濡れている。

彷徨《さまよ》うように掲《かか》げた白い手を、その頬に添わせると、ハッとなった目で市来はこちらを見下ろしてきた。

「奏なのか？　戻ったのか？」

「戻るって……ああ」

一瞬、立ち止まるように考え、自分の中で混ざり合い同化した記憶が、『草也《そうや》』なのだと判る。けして、他人ではない自分の一部。

「よかった」

立ち上がろうと身を起こせば、掻《か》き抱《いだ》かれた奏は驚いて目を剝《む》く。

強い力で抱きしめられる。

「よかった、とにかく無事で。おまえ、気ぃ失ったりするから、またヤバイことになったんじゃないかと」

「市来……」

温かいとは言えない。自分と同じく、夏なのに雨に打たれて冷えた体。市来の透明なビニール傘《がさ》は遠くまで転がり、止《や》まない風を受けて地面で揺れている。

「俺……草也になりたかったんだ」

抱かれてその肩に顎《あご》を載せた奏は、ゆらゆら揺れるビニール傘を見つめて言った。

「草也はいらない自分なんかじゃない。本当になりたかった自分だ。素直で真っ直ぐで……自信なんて全然なくても、おまえに好きだってぶつかっていける」

緩《ゆる》みかけた腕に力が籠った。強く抱きしめる男は、すぐに迷いのない言葉を返してくれる。

「どっちもおまえだろ。理想のおまえも、そうじゃないおまえも、天沢《あまさわ》奏だろうが」

「ははっ……そうだな、たしかに」

どちらがどちらの理想だか判らない。草也であったときは、奏が偶像だった。けれど、今はまったく違った景色が映る。

奏は、変わらず恋をしている男の背にそろりと腕を回した。

「ありがとう。お面も拾ってくれて助かった。すごく、大事なものなんだ」

いつまでも路上で抱き合ってもいられない荒れた天気に、二人はどちらからともなく立ち上がった。

奏は放り出した黒いボストンバッグを拾い上げ、市来は今にもさらに飛んでいきそうなビニール傘を拾う。

雨脚はだいぶ弱まった気がするけれど、雷《かみなり》はまだ近くで鳴っていた。

「まずいな。早くどこかに避難しないと」

「寮にくる?」

「ああ、うん」

傘を差しかけられて歩き出し、奏は市来が寮のほうからやってきたのを思い出した。

「もしかして、寮に行ってたの?」

「ああ……おまえも、もう帰ってるんじゃないかと思って。午前中、雨酷かったから、ウサギ小屋もどうなってるか気になったし、学校行った帰りにな」

言い訳のように市来は打ち明けるも、ウサギが気がかりだったのは本当だろう。

わざわざ小屋の様子を見に行くなんて、やっぱり生物部のスカウトは間違いないと思った。

「今、寮は閉まってるから誰もいないんだ。寮母《りょうぼ》も帰省してるし」

やや急ぎ足で着いた寮に、人の気配はなかった。

「えっ、じゃあ中には……」

「でも、入れる。合鍵の置き場所は教えてもらってるから」

入口の脇に並んだ植物の鉢《はち》の下という、古典的かつありがちな隠し場所は、市来を少しばかり面食らわせる。

「信頼されてるんだな……てか、それは防犯的に大丈夫なわけ？」

「まぁ広いだけで、金目のものとかないし」

引き戸を開けると、長い間空気さえ動いていなかったと感じるほど、中はシンと静まり返っていた。

「本当に二人きりって感じ……」

奏の出した来客用のスリッパを履《は》きながら市来は呟き、すぐにつけ加えた。

「あ、変な意味じゃないから」

草也だった頃のいつかの会話を思い出し、「判ってる」と苦笑した。

「着替え貸すから。サイズ合うといいんだけど」

案内した二階の部屋は、いつもの自分の部屋だ。不思議な感じがした。まるで異次元との繋がりが断たれたかのように、草也の部屋だと思い込んでいた隣室は、今の奏には物置扱いの空き部屋でしかない。

戻ってきた現実。帰り着いた部屋で、クローゼットからタオルと二人分の衣類を取り出す。

市来の分は、なるべく大きめのTシャツとハーフパンツにした。受け取った男はおもむろに着ていたTシャツを脱ぎ、現れた締まった体にドキリとなる。

「か、乾くまでそれで我慢して」

濡れた路面に転がってしまった奏のほうが、よほどびしょ濡れだ。そのままでいるわけにもいかず、そっと背中を向け、もぞもぞと着替え始めた。

「なんていうかさ、意識されるとこっちも気になるんだけど」

容易《たやす》く飛び跳ねるようになった鼓動が、背後の男の声にまた乱れる。

「い、意識してるわけじゃ……」

「隠したって、もう全部見ちゃってるし」

「なに言って」と反論しようにも、嘘でも誇張でもないのを思い出す。

見られただけじゃなかった。市来には体の隅々まで触れられ、見えないところまであれやそれやで——言葉にできない記憶が怒濤《どとう》のように押し寄せてきた。

「もしかして、忘れたとか?」

問う声が近すぎてやばい。

答えるだけでやっとの思いだ。

「忘れては……ない」

市来がすでに着替え終えているのが、剝き出しの背中に触れた乾いたシャツの感触で判る。

近すぎる声は、さらに距離を縮めた。

「……ごめん、やっぱ嘘」

「え……？」

「さっきの、『二人きりは変な意味じゃない』って言ったの、嘘になりそう」

温かい。するっと脇から回された両腕に、胸がドキドキして止まらない。

自分はこんなにも単純だっただろうか。

まるで深層心理で息を潜《ひそ》めるはずの草也が、今も前面に出てきたみたいだ。

胸がいっぱいになる。

「嫌か？」

「い、嫌じゃ……ない」

草也のように真っ直ぐな返事のできない奏に、市来は少し笑った。

肌を掠《かす》める息がくすぐったい。身を竦ませ背後をちらと窺おうとすると、好機とばかりに顔を寄せられる。

密着した身を傾《かし》げる市来は、顔を回り込ませるようにしてキスをした。

初めてじゃないのに、初めてみたいなキス。ちゅっちゅっと音でも立ちそうに唇を啄《ついば》まれるキスは、それだけで砂糖菓子でも詰め込まれたみたいに甘くて頭がクラクラする。

「ん…っ……」

ぎゅっと後ろ抱きにされ、奏は身の置きどころない気分で頬を紅潮《こうちょう》させた。指先がいつの間にか膨《ふく》れた胸の粒を探り当て、軽く摩《さす》られただけで声が出た。

「待ってっ……！」

拒《こば》むみたいな声だ。

「……覚えてるんだよな？」

「覚えてるけど……なんか、夢みたいで……」

草也だったときの記憶は、欠けてはないのにどこかぼんやりとした夢のようだ。

「夢みたいによかったたってこと？」

「ちっ、違う、そうじゃなくて……ぁっ……」

「体のほうが、まだ覚えてくれてそう」

「いっ、市来……」

気持ちがついて行かない。おいてけぼりなのに、体ばかりが従順に反応する。

揶揄《やゆ》るような言葉も、囁く男の声も、耳元からズンと体の芯へと響く。

「なん…でっ……」

硬く尖《とが》った左右の乳首を両手でゆるゆると転がされ、奏は切なさのあまり身じろいだ。

感じやすい体は、市来の愛撫を覚えていた。好きな男に弄《もてあそ》んでもらうのを心待ちにしていたかのように、その挙動一つ一つに健気《けなげ》なまでに呼応《こおう》し、そこかしこがきゅんとなる。

奏は長い腕の中でもじついた。声を殺すのも精一杯だった。

「あっ……」

「こっちも濡れてる」

這い下りた右手が腰に触れる。雨に濡れたボトムのことだなんて思えずに、ただでさえ赤い奏の顔は耳朶《じだ》までぼっと色づく。

「……うぅ……ふっ……」

中心に手が及んで、立っているのも辛いほど膝がガクつき始めた。

形を確かめるように摩る手の動きに、湿《しめ》りがカーゴパンツだけでないことが感触でも伝わってきた。

「や…めて……待って……」

「止めて欲しい感じでもないけど？」

手をすっと引かれると、反射的に腰を迫《せ》り出してしまった。

もう自分が自分でないみたいだ。触れられるのは怖いのに、もっと触ってほしくて、もっと市来を感じたくて。

「あっ……」

「……奏、ここ触ってもいい？」

「やっ……」

「なぁ、もう全部触りたい」

いつもよりずっと低い声。髪に唇を押し当てながら色っぽく問われ、ゾクゾクと身の奥を震わせながらも、奏は往生際《おうじょうぎわ》悪く首を左右に振る。

嫌だと拒否したところで目に入らないかのように、男の長い指はボタンからファスナーへとかかった。

「……すごいぐっしょり」

勃起したものを暴《あば》かれ、思わず身を捩《よじ》った奏は、恥ずかしさのあまり盛大に市来を小突いた。

「いてっ……ここで彼氏に肘鉄《ひじてつ》食らわせるかな、フツー」

「かれし……」

「彼氏じゃないの？　俺ら付き合ってるんだろ。まさか草也じゃなくなったら、おまえ別れるつもり？」

「……別れない」

慣れない響きの甘さに狼狽えながらも答えは一つで、『正解』とでもいうように頭にまた唇が下りてくる。

響いた、くすぐったい市来の笑い声。

「奏は、草也よりだいぶ恥ずかしがりだな。そういうとこも好きだけど」

「……嘘だ。ツンツンしてる俺よりいいって、おまえ草也に言ったろ」

草也だった時間を忘れていないということは、セックスの間に言われた睦言《むつごと》だって覚えているということだ。

俯《うつむ》きそうになると、ぐいと体を抱き寄せられた。

「おまえ、いつまでも俺にツンツンできんの？」

「え……」

奏がよろけたのを幸いとばかりに、市来はベッドへ押しやる。狭い部屋だから、そのまま倒れ込んでもベッドの上だ。

「服、借りた意味なかったかも」

シングルベッドに男二人で縺《もつ》れ込み、奏を敷き込んだ市来は着たばかりのＴシャツを脱ぎ捨てた。

裸体に目を奪われそうになる奏に、市来は薄い唇を笑みに綻《ほころ》ばせる。

「元々、ツンツンしてるおまえも込みで好きになったんだし、おまえが思ってるほど俺は『草也』と区別がついてない。だって、どっちも奏だし……今抱きたいのもおまえなんだから」

奏は反射的に目を閉じる。目蓋の上でちゅっと音が立った。

そのまま滑《すべ》るように唇まで下りたキスを受け止めるうち、なし崩しにベッドへ身を預けさせられた。

「おまえのイイところも、だいぶ覚えたし」

市来は二度目の余裕を滲《にじ》ませるも、不慣れな奏は身の置きどころない気分で、消えない恥じらいに身を焦《こ》がした。

「ダメだ…っ……そんなとこ、触ったら……」

性器に手で触れられることさえ、抵抗を覚える。

強すぎる背徳感。本気で手を引き剝がそうとするものだから、無駄な攻防が股間で生まれる。

「なんでダメなんだよ？」

「きっ、汚いし、おまえの手汚れるっ」

「べつに汚くないし、俺がしたがってんだからいいだろ？」

「けど、細菌とかいっぱい……」

この場にそぐわない発言に、呆気《あっけ》に取られる男の目は丸くなった。

「細菌って……そっか、こないだの俺以外、誰にも触らせたことない？」

「あ、当たり前だろ」

「自分では触ってるって言ってたけど。オカズは俺だって」

死んでしまいたい。草也の自分が、素直を通り越して多少アホっぽかった自覚はあるけれど、奔放《ほんぽう》にもほどがある。

市来もあのとき驚いていたのを思い出し、泣きそうに顔を歪《ゆが》めれば、前髪の触れ合う距離で顔を覗き込まれた。

奏はやや淡い色をした眸に、市来の黒い双眸《そうぼう》を映し込む。

「キスは？　キスも？」

真剣な顔で問われて、首を横に振る。

「……してない」

「キスも俺だけ？」

「だから、そうだって」

「そっか、おまえモテるのにな。天沢奏は童貞で、キスも俺が初めてだったんだ」

「市来っ……」

なんの意地悪だと思うも、どことなく市来の表情は緩《ゆる》んでいた。

「じゃあ覚えて、俺の好きなキス」

「ん……っ……」

戯《たわむ》れるみたいに始まったキスは、すぐにも艶《なまめ》かしい口づけへと変わる。

大人の深いキス。唇を吸ったり食《は》んだりするだけでは足りずに、粘膜《ねんまく》の部分が淫《みだ》らに触れ合う。ちろちろと舌をからませ合ったり、互いの口腔《こうこう》へおじゃましたり。

蕩《とろ》けるような感覚は体の隅々まで浸透《しんとう》していき、市来の好きなキスというより、奏の好きなキスになる。

夢中になる頃にはもう、どちらかではなく二人の好きなキスなのだと感じ始めた。

ひどく気持ちがいい。くたくたになる。

「ん……んっ、あ……」

市来の右手が形を変えた中心に触れていると気づきながらも、抵抗する気も削《そ》がれてしまった。

「んっ……」

指先まで蕩けて力が籠らない。キスで幾度も気を逸《そ》らしながら、手の中のものをあやすように弄《いじ》られ、奏はじわじわとした快楽にからめ取られた。

堪《たま》らない。包み込んだ手のひらで摩り上げていたかと思えば、指の腹で感じる部分ばかりをなぞられ、まるですべて知っていると宣言されているかのようだ。

「い、市来…っ……」

「……一馬《かずま》だろ。こないだ呼んでくれるようになったの、忘れた？」

ずり落ちた衣類は右足左足と抜き取られる。

割り入る市来の膝に、自然と無防備なポーズに足を開かされ、奏は息を乱した。吐息も鼓動も、先を急《せ》いてでもいるみたいだ。

奏の性器は上向き、潤んだ先端は乾く間もない。ふるふると震えて、先走りにじっとりと幹まで濡れそぼり、絡みついた男の指は滑《なめ》らかに上下する。

「……あ…んっ」

前触れもなく大きく腰が振れ、鼻にかかったねだり声が零《こぼ》れた。

「気持ちいい？」

「あ…っ、ふっ……うう……」

「奏は感じやすいから、声……我慢するのも大変だな」

「そんな……ことっ……」

手でも言葉でも煽《あお》られ、クラクラする。体は横たわって頭も枕に埋《うず》めているのに、どこかへ倒れてダイブしてしまいそうな感覚。

無意識に縋《すが》るものを探った奏は、手に触れたものを手繰《たぐ》り寄せる。

「……なに、そのシャツが人質？　貸すのやめたとか？」

グシャグシャにして顔を覆ったのは、市来が脱いだばかりの貸したTシャツだ。

「奏は被《かぶ》るの好きだな。お面の次はシャツか」

戸惑う市来は微かに笑った。無理に引き剝がそうとはされなかったけれど、下肢《かし》の間で施《ほどこ》される行為は、見えなくとも感覚で伝わってくる。

自分の体なのだから当然だ。続く刺激的な愛撫に、吐息が熱く零《こぼ》れる。

「……悪い、今日は慣らすものないから……ちょっとガマンな」

この部屋にはローションも代用品もない。体温に馴染んだ生温《ぬめ》かな滑りが、たぶん自身の溢れさせているものかと思うと、どうにかなってしまいそうだ。

「ふっ……」

市来の濡れた指は、迷わず狭間《はざま》の奥へと進んだ。入口にたっぷりと塗《まぶ》され、きゅっと狭まる道筋を長い指で割られる。

「ひ……ぅっ……あ……」

「ローションはなくても大丈夫そうだな……また、とろっとしたのが出てきた」

「い、言う……なっ……て……っ……」

「ほら、また……ちょっと言葉で苛《いじ》められただけで泣いちゃうのな」

「う……うぅ……」

「可愛いな……嘘みたいに、可愛い」

ぐちゅっと指を穿《うが》たせて慣らす男は、明らかに途中からは奏の反応のほうを楽しんでいる気配だ。

「あ……っ……」

ふわっと腰が宙に浮く。市来の腿上《ももうえ》に抱えられた。両足を畳《たた》んで無防備にすべてを開かされ、奏はシャツの下でぐずつく声を上げる。

「大丈夫、見えてないから平気だろ？」

「そっ、そんなバカ……なことっ」

見えていないのは己だけで、市来にはすべて目撃されている。

熱い。視線を想像すると、体が燃え尽きそうに火照《ほて》った。

二本に増やされた指で、記憶にあるあの場所を探られれば、泣きたくなるような衝動が湧き上がるのを止められない。

「あ…ぅ……」

また、とろっとしたものが溢れた。透明な雫になって、下腹を打つ。

「もっ、もう、や……もう、ダメだ……」

啜《すす》り泣く声を上げ始めると、揃えた指を抜き取り、市来は覆い被さるように体勢を変えた。

「俺も、そろそろ限界」

過呼吸気味の荒い息をつく奏に負けず劣らず、市来の呼吸も乱れていた。

「なぁ、もう顔が見たい……おまえの顔見て、イキたい……奏?」

シャツごとぎゅっと抱かれて、布に覆われた額に唇を押し当てられる。

キスだとすぐに判った。宥《なだ》めるキスをしたり、額を押し合わせたりしながら、ずるずるとシャツの裾《すそ》を引っ張って、腕から抜き取られた。

久しぶりに目にした気のする恋人の顔は、奏の好きな男前だ。

眦《まなじり》を濡らした目で見つめる。

「まだ恥ずかしい?」

「うん……」

「……でも、挿《い》れていい?」

ストレートな求めに、拒否する余地はない。拒む気持ちもなく、奏は火照りに色づき、涙まで浮かべた顔でおずおずと頷く。

「奏……たしかにおまえ、変わったかも」

「え……？」

「言ったよな。次に目が覚めたら、俺は俺じゃなくなってるかもって……」

ふっと浮上するように、草也のときに告げた言葉が蘇《よみがえ》る。

――もし急に俺が変わったりしても、見捨てないでくれる？

「……ごめん、俺……面倒くさい奴で。可愛げないし、素直じゃなくて……」

――草也じゃなくて。

飲み込んだ言葉を汲《く》み取ったのか、市来は否定した。

「可愛げは普通にあるだろ。素直じゃないってんなら、俺が頑張ればいいだけだし」

「が、頑張るって……」

残ったハーフパンツを自《みず》ら脱ぎ去る市来の姿にも、頭がぎゅっとなった。

「あ……」

「ダメ、もう隠れたら」

「隠れないっ、隠れないけど…っ……」

再びシャツを被ると警戒されてしまい、両手を取って枕元に押しつけられた。

市来が入ってくる。ぐっと体重をかけられたと感じると同時に、大きな熱が身の奥へと沈み込んできて、奏は胸を喘《あえ》がせた。

じりじりと穿たれる。飲み込むだけでもやっとだと思ったのに、あの場所を突かれるとなにかぶわりと奥から溢れる。

自ら濡れる女の子の体でもないのに、市来を迎え入れて悦《よろこ》ぶ内壁は、淫《みだ》らにうねった。

「奏……これっ、どうやってんのっ？」

「わかっ、わかんないっ……」

「すごい……吸いついてくる。やばい、奏ん中……気持ちいい。もっと、いい？　もっと奏の奥っ……入りたい」

すでにいっぱいいっぱいにもかかわらず、市来に求められた体は嫌がるどころかヒクヒクと揺れる。

「あぁ…ん…っ……」

深いところをずくんと押し上げられ、感じ入った声が溢れた。

体の中にスイッチでもあるみたいだ。直《じか》に触れられ一溜まりもない。一度覚えてしまえば声は止めどなく零れて、市来は媚態《びたい》に溺《おぼ》れるように、滑《なめ》らかに張った先端でそこを愛撫した。

擦り上げられる度《たび》に、きゅんと締まる。

「もっ……しなっ、しないで……」

「……なにを？」

「ふっ、ぅっ……あっ……や、しなっ……で…っ……」

「だから、なに？　奏、教えてみ？」

いつの間にかうっすらと汗ばんだ額を、唇が掠《かす》める。

愛《いと》しくて、可愛くて仕方がないとでもいうように、こめかみにも押し当て、髪には高い鼻梁《びりょう》を埋《うず》めて「奏」と幾度も呼ばれた。

「あっ……そこ…っ、もう……叩かないで……」

「叩くって、叩いたりしてないだろ、奏の中狭いんだし」

「うそっ、さっきから……つっ、突っついて……」

「ああ……これ？」

「ひぁ…っ……んんっ……」

タンっと打つように突かれると、泣きたくなるほどの快感が溢れる。

腰を揺すられ、そこをリズミカルにノックするみたいに打たれる度、しなやかに反《そ》り返った奏の性器は震えた。止めどなく浮かぶ露《つゆ》は、腹へと透明な糸を引きっ放しだ。

「……カウパー、止まんないの可愛いな」

うっとりとした声に、真っ赤な顔を左右に揺らめかせる。

「あ…っ、いや……嫌だ…っ、それ……」

「奏が叩くのやだっていうから、変えたんだろ」

「あっ、だめ……だめ、だっ、それっ……」

「どっちがダメなの？　こっち？　それともこう？」

「やっ、どっちも……や…らっ……」

じわりと奥を突き上げられ、声は啜り泣きへと変わる。甘く引き攣《つ》れた声音を振り撒《ま》きながら、奏は自分を翻弄《ほんろう》する男の背に取り縋《すが》った。

「だめ……だめっ、もっ……」

「ん……ダメになるほど気持ちいいな、おまえん中」

「いちっ、市来…っ……ホントに……出る、から…っ、ほん…と…っ……」

「名前は？」

「あっ……か、かずま……一馬…っ、ねっ、もう…っ、もっ、出ちゃ…ぅ……」

求められるままに名前を呼んだ。

考える余力がない。頭は空っぽのようでいっぱいだった。高まる射精感に支配され、僅《わず》かな余白も恋した男のことで埋め尽くされる。

「一馬…っ、ねっ、もう…っ……」

一人で終えるのは嫌だった。一緒がよかった。どうにかして早くその気にさせようと、縋りついたまま頬を摺《す》り寄せ、唇も触れ合わせて言葉を探した。

「……きっ……一馬っ、好き……あっ、すき……」

訪れる瞬間は呆気《あっけ》なかった。ほんの間違いのように、トンとそこを突かれた刺激に、堪《こら》えていたものが噴き零れて頭が真っ白になった。

二人で頂《いただき》を迎えられたのかも判らないまま、奏はすうっと気が遠退《とおの》き、くったりと無防備にベッドへ沈んだ。

「……なにそれ。奏、反則だろ」

困ったような愛しくてならないような、男の声が聞こえた気がした。


右手に剣を持っていた。

自身の歩く空気抵抗にさえたわむペラペラの剣を携《たずさ》え、勇ましい勇者にはなれないけれど責任感だけは捨てきれない草也は、洞窟の奥を目指していた。

青い光が照らす行く先。ドラゴンの寝息のするほうへ。

太陽の昇る穴を塞《ふさ》いだ居眠り竜の脇を擦り抜け、ボタンを押すのが草也の役目だ。ただ穴の上でスヤスヤと眠っているだけの、罪のないドラゴンを落っことすなんて気が咎《とが》めるけれど、夜明けのこない村を救うためだった。

奥の壁は柔らかに膨らんだり凹《へこ》んだりを繰り返している。これが竜の胴体なのかとドキドキして近づいたら、風を受けて孕《はら》んだり萎《しぼ》んだりを繰り返しているカーテンのようなものだった。

あれっと拍子《ひょうし》抜《ぬ》けするも、ドラゴンはこの向こう側で眠っているのかもしれない。

気を取り直した草也は、脇を擦り抜けようとして捲《まく》れ上がったカーテンにひゃっとなった。

避けた先の地面では、細い蛇《へび》のようなものがうねっていた。足先に引っかけた草也は今度は前のめって、引っ張られたなにか重たいものがズッと床を這って飛び出してきた。

どよめきが聞こえる。洞窟の入り口にいるはずの村人たちではなく、右手の観客席のほうからだ。

床のコードを引っ張られて倒れたのは、洞窟を照らす青い光の照明器具で、風を孕んだカーテンの向こうからは、前のめりに転んだ草也を受け止めようと男までもが飛び出してきた。

草也は腕に抱かれ、ダンボール感丸出しの剣はぽっきり折れた。

「大丈夫か?」

「市来……」

呼びかけてあっとなる。

市来ではない。アースカラーの衣装を纏《まと》った男は、眠っているはずのドラゴンだ。『竜まで飛び出してきたぞ!』と観客の生徒たちから野次《やじ》が飛んできて、頭が真っ白になる。

そう、自分が転んだせいで芝居がメチャクチャになろうとしていた。

セリフも抜け落ちてパニック状態の中、機転を利かせた市来が叫んだ。

「なんと慈悲《じひ》深い勇者だろう。我を助けるために、身を挺《てい》して目を覚まさせてくれるとは！」

フォローのセリフに、腕の中の草也は目を瞠《みは》らせる。

「竜は起こした人間を食らいはしない。勇気ある人間こそ、我が仕《つか》えるに相応《ふさわ》しい。さぁ、共に旅立ちましょう、私の主《あるじ》」

「僕のドラゴン……」

救われた安堵と言葉に、夢見る思いで男を見つめた。

エスコートされるように立ち上がる。差し出された手を取り、草也は折れた剣を放り捨てた。

「そうです、草也。いざ、共に遥かなる大地へ。始まりの世界へ」


寝息はすぐ傍でスースーと響き続けていた。

そよ風みたいな優しい息づかいで、黒髪に顔を半分覆われて横臥《おうが》した男を、うつ伏せでベッドに肘《ひじ》をついた奏はじっと見つめていた。

文化祭の舞台を思い出した。

「一馬のおかげで、ドラゴンも穴に落とされずにすんだね」

ふとそんな呟きを零して笑むと、気持ちの動かされるままに顔を寄せた。市来のこめかみの辺りにそっと唇で触れてから、また顔を起こす。

ほんの軽いキスだったにもかかわらず、市来が「んっ」と声を立てて目を覚ました。

「あ……おはよう、奏」

「もう夕方だよ」

奏は照れくさい思いで応えた。お盆を過ぎたけれど、まだ日は長く外はぼんやり明るい。

雨も雷もいつの間にか止《や》んでいて、エアコンの唸《うな》る音だけが聞こえた。ほどよい室温の部屋は、ブランケットを被《かぶ》っているのがちょうどいい。

「なんか、ごめん」

セックスの途中で意識を喪失《そうしつ》したことも覚えていた。気まずさと気恥ずかしさ。一緒にうとしていたらしい市来は、起こされたキスの話だと勘違いしたようだ。

「え、いいよ。寝るつもりなかったから」

訂正するのも恥ずかしいので、そのままにしておく。

部屋も寮も二人きりで静かだ。裸でいつまでもダラダラしたって問題はないけれど、喉が渇《かわ》いていた。なにか飲み物を取りに行こうと考え、思い当たる。

「そうだ一馬、アイス食べる?」

「アイス?」

「うん、ダッツアイスだよ」

庶民の永遠の憧《あこが》れのアイスに、市来は反応を示した。

「へぇ、寮でも良いもの食べてるんだなぁ。さすがアイス好き」

「とっておきだよ。特別な日に食べようと思って、取っておいたんだ」

自分が戻ったら、あげようと思って大事に冷蔵庫にしまっておいたあのアイス。コンビニで買って『天沢』と書いた日のことも、草也の思いも奏は忘れていなかった。

「あ、じゃあ俺も一緒に行く」

「二人でお迎え？」

市来も起き上がり、奏はくすぐったい思いで応える。ベッドの端に散らばる服に手を伸ばした。二人きりとはいえ、さすがに素っ裸で寮の食堂に行く勇気はない。

なんとなくイケナイことでもしているような気分で、誰もいない寮を揃って階下に下りた。

食堂の冷蔵庫の引き出しから、あのアイスを取り出す。

「半分こしよう」

「え、一つならおまえ食べろよ。好きで買ったんだろう？」

「せっかくだから二人で食べたい。スプーンはいくらでもあるから」

カトラリーはふんだんにある。二人だとやけに広く感じる大きなテーブルの端に向かい合って座り、奏はアイスを分けた。自分の分はガラスの小皿にとりわけ、市来にカップを渡した。

きっともうコンビニの店頭には並んでいない、夏限定フレーバーのアイス。奏はティースプーンで口に運んだ。

舌の上で溶けて、甘い味が広がる。

「やっぱりダッツアイスは最高だね」

奏は笑み、市来は訝《いぶか》しんだ。

「……奏」

「ん？」

「泣くほど美味《おい》しいなら、やっぱ一人で食べろよ」

「ちっ、ちがっ、これは違うんだ……あれ、あれっ、なんか止まらない……ははっ」

笑いながらも、どういうわけか奏の目からはポロポロと大粒の涙が溢れていた。まるで止《や》んだばかりの雨が、にわか雨にでもなって戻ってきたみたいに。

心配そうな市来は、小さなカップにマジックで書かれた『天沢』の文字をじっと見つめ、やがてふっと口元を緩めた。

「そっか、そうだな……美味いな、ホント。これは涙も出るな」

スプーンを口に運び、奏と同じく笑顔になった。

始まった新しい世界はアイスのように甘く、まだ夏が終わるのは早いとばかりにキラキラしていた。

僕が始まってからの話

boku ga hajimatte kara no hanashi

きっと誰もが、目覚めてから一度くらいは考える。

夢が終わらないでくれたらよかったのにと。夢の続きが見られないのなら、せめて鮮明に覚え続けていられたらいいと願う。

忘れてしまうと知っているから。

どんなに鮮《あざ》やかな夢も、現実のような夢も、目覚めた瞬間から強い風にでも吹かれたように脳裏《のうり》から追い払われ、僅《わず》かな断片だけを残して消えていく。

キラキラした良い夢ほど、だいたいいつもそう。

「天沢《あまさわ》、なにぼーっとしてんだよ」

壁のデザートメニューをぼんやり眺める奏《そう》は、強い声にハッとなった。

意識を遠のかせられるような場所でも静けさでもない。カラオケボックスには同い年の男女が八人集まっていて、一曲歌い上げたばかりの岩橋《いわはし》はテーブルのものを不満げに取ると、ぬっと突き出した。

「タンバリンがどうしたんだ？」

「どうしたんだじゃねぇよ。おまえのために借りたんだろ？」

「俺のため？」

受け取りつつも奏は思いっきり戸惑いの表情で、揺れた赤いタンバリンは曲の合間の静けさにチリリと微《かす》かに鳴った。

「前に来たとき、『タンバリンなら任せて』って張り切ってたろ」

「えっ、俺がそんなことを？」

「みんなで初めて会ったときじゃない、ほら六月の」

肩を寄せ合って曲選びに忙しい女の子たちが、ローテーブルの向こうで頷き合う。

「うんうん、天沢くん盛り上げてくれたもんね〜オタ芸なのってくらい」

「なんか雰囲気と違って、楽しい人だよねぇって！」

岩橋に再びカラオケに誘われたのは、長い夏休みの最後の週だ。六月に行ったときとほぼ同じメンバーで、女子は近くの南森《みなみもり》高校の生徒たちだった。

「あ……ああ」

言われて思い出した。

野原草也《のはらそうや》だったときのこと。カラオケに誘われたのが嬉しくて、はりきり過ぎた。

今だって嬉しくないわけではない。べつに失敗して格好悪くなったっていいのだ。自分は自分のままでいい。双子の陸《りく》のことが思い込みの誤解だったと判《わか》って、できた人間なんて目指さなくてもいいと吹っ切れたら随分と気持ちも毎日も楽になった。

けれど、長年身に染みついた癖はどうやら簡単には抜けそうもない。陽気でもない奏は、優等生の枠に収まっていなければ、目立つこともない地味な性格だと自分でも思っている。陰《いん》キャラってやつだ。

タンバリンを持たされたところで、照れて体が動かない。リズムを取るのが精一杯で、数曲が終わる頃には、隣に座った岩橋が不満顔のままぼそりと言った。

「天沢、おまえ……なんかまた雰囲気変わった？」

「えっ……」

「ノリが悪くなったっていうか、元に戻ったたっていうか」

ドキリとなる。いや、ギクリの域か。

強張《こわば》る奏の両肩を、岩橋はがっしりと摑んだ。ガクガクと揺すられ、手にしたままのタンバリンがシャカシャカと盛大《せいだい》に鳴る。

「手ぇ抜きやがって、期待に応《こた》えろよ！　おまえならなにやってもイケメン枠で許されるんだから、オタ芸をモテ芸に消化してみせろ！」

「む、無茶言うなよ……」

責められてたじろぐも、タンバリンに拘《こだわ》っているのはどうやら岩橋だけのようで、歌い終えた女の子からは「はいっ」と笑顔でマイクを差し出される。

「次、天沢くんの曲ねっ！」

「えっ、まだ次入れてないけど」

「さっき歌った曲、すっごく良かったからもう一回聴かせて?」

絶妙の合いの手のように、隣で岩橋がチッと舌を打った。

「これだからイケメンは～素人《しろうと》のカラオケでアンコールなんて聞いたことねぇよ」

どこまでも不評を買うも、男子の総意というわけではない。今日初めてメンバーに加わった島本《しまもと》が、奏の右隣からひょっこり顔を出して反論した。

「顔は関係ないだろ、顔は～! こう見えて、天沢は努力のフツメンだったんだからな! 顔は普通じゃないけど。カラオケだって勉強みたいにガチで練習してんだよ、岩橋の知らないところで百回でも二百回でも歌い上げてんだよ、そんくらい察してやれよ～」

天才などではなく、人知れずコツコツと勉強していたと知った島本は、凡人としての仲間意識が芽生《めば》えたらしい。

「いや、カラオケの練習はしてないけど……」

「いいっていいって、おまえが頑張ってるのは知ってるし! 今度ヒトカラ行くときは俺も誘ってくれな～」

「いや、だからヒトカラも……」

「天沢くん、もう曲始まっちゃってる!」

女の子に有無《うむ》を言わさずマイクを握らされ、前方のステージへと引っ張られる。

歌は嫌いではない。でもバラード調の曲で、どうノリ良く振舞《ふるま》ったらいいのか判らない。

つい真面目に歌い上げてしまい、女の子たちと何故か島本には好評ながら、岩橋ともう一人のクラスメイトの男のジト目が痛かった。

振られてもいないタンバリンの音が、頭の片隅でずっとシャカシャカチリチリと責めるように鳴っていた。


『俺も行けばよかったな、カラオケ』

夜、遅い時間にかかってきた電話の市来《いちき》の反応は意外だった。

夏休みも残すところあと数日となり、ほとんどの生徒が戻って賑《にぎ》わいを取り戻した寮も、さすがに夜更《よふ》けは静かだ。部屋のベッドの上で、奏はスマホを軽く耳に押し当てる。

「一馬《かずま》ってカラオケのイメージじゃないな」

『なんだよ、俺がカラオケに行ったら変だってのか？』

「べつにそういうわけじゃないけど……」

いつも飄々《ひょうひょう》とした男のムッとした声音に驚く。何気ない返事のつもりで、そもそもカラオケなんて本当に興味がなさそうだったのだ。

昼に市来から届いたライン。遅れて気がついて、『岩橋たちとカラオケにいる』と慌てて送ったら、それきり返事もなかった。なのに今になって『楽しかった？』と電話で訊いてくるかと思えば、急に冷ややか。

『盛り上げ方が判らず苦慮《くりょ》しました』なんて言えず、出しかけた『それなりに』という言葉も引っ込め、島本がアイドル曲の振りを完コピしていたことや、帰りに前回行かなかったカフェにもみんなと寄ったことなどを無難に告げたつもりだった。

「一馬、なにかあった？」

奏は思わずベッドの上で正座になりつつ問う。

『なんにもないよ。俺は田舎に行っててただけだし、帰ったら奏は岩橋たちと仲良くやってるし？』

「……どういう意味？」

『どうって、言葉どおりの意味。残念、今日は会えるかと思ってたんだけど。言ってたろ、今日帰るって』

少し前から、市来は家族で母方の実家である祖父母のところへ泊まりに行っていた。病院勤めでお盆休みもなかった母親がようやく取れた連休で、幼い弟妹《ていまい》が夏休みの思い出を作るにもぴったりの郊外の田舎町だ。

「あ……でも、約束はしてなかったから」

奏だって、会いたいと思っていた。

けれど、滅多《めった》にない家族の帰省の邪魔になるようなことは言いたくなかった。それに、『いつ帰るの？』とは訊けても、『帰ったらすぐ会いたい、その日に会いたい！』なんて、激しく引かれてしまう気もした。

『なんだよ、薄情だな。ふうん、約束してなかったら、俺に会いたいとか思わないんだ？』

「えっ、そんなこと言ってないだろ」

『言ってるも同然だって。一応付き合ってるんだしさ、少しくらい期待して帰りを待ってくれてもいいのに、奏ちゃん？』

普段なら平静を装《よそお》いつつもトキめいてしまう、やや低めの心地のいい声。市来は冗談めかすも、微かな苛立ちは奏まで飲み込むように伝染してきた。

誰にもそんなことは教わっていない。恋愛事は授業もテストもないし、予習復習は皆無《かいむ》。奏は誰かと付き合うのも初めてなら、好きになったのも市来が初めてで。

「悪かったな。付き合ってたら、約束してなくてもおまえの帰りをぼけっと待ってなきゃならないなんて、俺知らなくて」

『ぼけっとって……』

「言ってくれたらよかったのに」

『あ、やっぱ俺のせいかよ』

「そうじゃなくて」

『じゃあ、今言う』

「どうぞ？」

『明日会う！』

「いいよ！」

望むところだとばかりに、好戦的な言葉のラリーを繰り返したのち、市来がずばっと鋭角《えいかく》のスマッシュを飛ばしてきた。

『いいんだ？　言っとくけど、うち明日はまだ母さんも繭香《まゆか》たちも帰ってないから』

「え……」

『俺だけ先に帰ったんだよ。じゃあ、そういうことで。明日、楽しみにしてるから。詳細はまた』

絶句。軌道を読めずに打ち崩された奏は、あっさり通話の切れたスマホを握り締めたまま。ぽとりと足元に落とされたボールを眺めるような気分で、ただただ呆然となる。

――今のはどういう意味なのか。

「明日楽しみって……詳細って……」

時間差でボッと顔の熱が上がった。

市来が家に一人だろうと、二人でゲームしたりテレビを観《み》たり、勉強は……さすがにやらないに決まっているけれど、お楽しみはたくさんある。

なのに、奏は慌ててバッとブランケットを引き被《かぶ》るようなことを想像してしまった。

「……くそ、一馬があんなことするから」

素早く責任を転嫁《てんか》しようと、ドキドキしてしまうことに変わりはない。

セックスは同意の共同作業。市来はなにも悪くない。

ただ、奏は付き合うのも好きになるのも初めてなら、『あんなこと』をしたのももちろん市来が初めてだった。記憶としては、二度目でもあるからややこしい。

「……あ、やばい」

顔の火照《ほて》りから広まった熱は、回りの早い毒みたいに下肢《かし》のほうでも体温を上昇させた。

主人の都合なんてお構いなしだ。いや、比喩《ひゆ》なら『息子』と呼んだりするから、自分は父親なのか。マスターでもパパでも、この際どちらでもいい——なんて、それこそどうでもいいことに気を逸《そ》らさないと心臓がオーバーロードしそうだ。

一人きりの部屋のブランケットの中という、極プライベートな空間でもリラックスできない。

奏が自分でしたのは、判らなくなるほど以前だ。草也がいなくなってから、元どおりに息子の世話くらい自分でするつもりが、市来とのことを思い出してしまい上手くできなくなった。

草也が現れる前も市来のことは考えたけれど、アイドルをオカズにするみたいなものだった。

市来であって、市来ではない。よく知らないからこそ妄想できたあれやこれやが、一度のセックスで覆《くつがえ》された。

二度目でもある、ややこしいセックス。現実のあれやこれや。市来の前で我を忘れた自分までもが生々しく呼び覚まされ、集中できなくなった。

そのくせ、深い快楽を知ったせいで、欲深にもなった。

もうずっと欲求不満だ。

「……んっ」

ほとんどうつ伏せのような姿勢で、そろりと中心に手を伸ばす。ゴムのウエストは、部屋着も下着もあっさりと右手の侵入を許し、硬くなり始めた性器に触れた。

声が出そうなほど敏感な先っぽは、もう少し濡れている。細い指を回して下から上へ、また下へ。たどたどしい手つきで扱《しご》き、数でも数えるみたいな動きで没頭《ぼっとう》しようとしたところ、短い着信音が耳元で響いた。

ビクリとなる。同時に震えたスマホに届いたのは市来からのラインで、草也は跳ね起きた。

頭から追い出すことに成功しかけた男は、妄想どころか現実で割り入ってきた。

『明日、昼前に待ち合わせできる？　動物園に行こう』

『覚悟して』とでもいうように、宣言したくせして驚くほど健康的な行く先だ。

呆気《あっけ》に取られる。ベッドにぺたりと座り込んで画面を見つめた奏は、ぽすりと倒れ込むように再び横になった。

「人の気も知らないで……詳細って、動物園のこと？」

欲求不満なんて知られても困るけれど。

もやりとした晴れないものを感じつつも、続きに戻る気にもなれず、視線を巡らせれば見慣れた部屋が目に映る。

窓辺でぼうっと浮かび上がるもの。

カーテンレールの上に飾った思い出の品は、ペラペラのプラスチックの青いお面だ。

市来が雨の中で拾ってくれた猫耳のヒーロー。

あの日を境に、再び奏は始まった。


「なんかすごい見られた。毎月通うほど動物園好きと思われたとか？」

通り抜けたばかりの入園ゲートをチラと振り返り、市来は言った。

翌日、昼前に待ち合わせたのは、以前草也として二人で行った動物園だ。

絵に描いたような健全なデート。夏休みはもうすぐ終わるけれど、今日という一日はたっぷりある。拍子抜《ひょうしぬ》けする一方、ホッとしてもいる奏は落ち着いた声で応えた。

「そんな、客の顔なんていちいち覚えてるはずないだろう。それに六月だったから、もう二ヵ月前だよ」

「あーもうそんなになるか」

市来の記憶は曖昧《あいまい》でも、奏はちゃんと覚えていた。

草也の記憶としても忘れてはいないけれど、スマホのアプリに記録している。草也と自分との日記として──一人で交換日記なんて、本当に有り得ない。まさにホラー、オカルトチックながら草也は幽霊でも実在の人物でもなかった。

「なに？」

受け取った案内図を広げて歩く市来が、視線を感じたのかこちらを見下ろす。重たい前髪に隠れがちでもハンサムだと判る顔。今日のコーディネートは、迫《せま》りくる秋を意識したようなアースカラーのカーキのTシャツに、スリムなブラックパンツとシンプルだ。すらっとした長身の市来にはよく似合う。

やっぱり入園ゲートの女性係員は、市来を二ヵ月経っても覚えていたのかもしれないなんて。

「奏？」

食い入るように見つめたくせして、奏は慌てて大きく首を振った。

「なんでもないよ。行こう、カワウソはこっちだったろ？」

歩みを速めながら、斜め掛けにしたウエストポーチにチケットをしまう。園内ではもう出す必要もないだろうけれど、折り目がつかないよう丁寧に財布に入れて、ふと映画の半券のことを連想した。

市来と偶然一緒に観ただけで、特別な日へと変わったあの日。光に透ける宝石やガラス玉みたいに、部屋で小さな半券を翳《かざ》して見つめて、それから小箱に入れた。袖机《そでづくえ》の引き出しに鍵をかけたのは、参考書を隠すためではなく、あの半券をしまった箱があったからだ。

なにより秘密だった想い。

今はこうして当たり前に二人で過ごしているのが嘘みたいだ——なんて、いちいち浮足立ってしまう気持ちのほうが秘密だ。

市来はもう何度も一緒に出かけているつもりだろうけれど、奏には半分初めての感覚という不可思議な後遺症。

「わっ、前より人気だな」

目指すコーナーの人だかりに、市来は驚きの声を上げた。

ルックスや動きの愛らしさで人気のコツメカワウソだ。プールに設置された滑《すべ》り台で水しぶきを上げて遊ぶ姿は、夏らしさも加わり大盛況《だいせいきょう》だった。

おまけに今は、小さなカワウソもいる。春生まれの子供たちで、六月に来たときは公開が翌週からと知って残念がった。

「一馬、こっち」

市来のTシャツの裾《すそ》を引っ張る。半円形に囲んだ柵《さく》はどの位置からでもプール内がよく見えるけれど、奏は左側へと行きたがり、ちょうど家族連れが離れて空いたスペースにすっぽりと二人は収まった。

奏は水色の手摺《てすり》に視線を走らせる。少し古びて塗りの剝《は》げたところもある手摺に見つけたそれに触れようとした瞬間、歓声が周囲で上がった。

「わぁっ、こっちにきたっ！」

顔を上げた奏もパッと眸《ひとみ》を輝かせる。

生まれながらにサービスを心得たかのように、浅いプールの端を泳いできたのは目当てのコツメカワウソの子供たちだ。

「わ、四匹いるっ！」

成獣《せいじゅう》とは比較にならないほど小さいからすぐ判る。プールデビューしてだいぶ経つのか、泳ぎはなかなかに上手い。

「一馬、見てっ！」

見ているに決まっているのに、興奮のあまり騒いだ。

「一馬、葉っぱ！　右のコ、葉っぱ持ってるっ！」

プールの周りには樹木もあるので、手先の器用なカワウソは木の葉くらい拾いもするだろう。子カワウソの愛らしさの前に、普段の澄まし具合も忘れ、なす術《すべ》もない惑わされ具合だ。

「可愛いなぁ」

奏の思わず漏らした呟きに、「ああ、可愛い」と市来の声が返る。何気なく隣を仰《あお》げば、同意を得たとばかり思った男はカワウソではなく自分のほうを見ていて、心臓が軽く止まりかけた。

奏は慌てて前を向いた。

水面が揺れてきらめく。水かきのついた小さなケモノの手が水しぶきを上げ、ヤンチャな子カワウソにまた歓声が上がるも、もう頭に入ってこない。市来の破壊力たるや、奏には絶大だ。

そろりと隣を窺えば、人を動揺させておきながら市来はプールに目を移していた。

夏の終わりの風。暦《こよみ》の上ではもう秋。木々をざわつかせるからりとした風が、飛び抜けて高い位置にある男の髪をも揺らし、隠れがちな額《ひたい》や目元を露《あらわ》にする。

プールを見つめる横顔は穏やかで、眼差しは優しい。

あの日もそうだった。

『次は絶対カワウソの赤ちゃん見ようよ！』

無邪気な声を放った草也を思い出した。

横顔に見入ってしまった瞬間のことも。

市来のあの珍しいシャツの色。まだ梅雨《つゆ》の最中とは思えないほど、晴れ上がった空の色。高い位置にある顔を仰げば、自然と頭上の青い空も一緒くたに視界に収まって、泳ぐように市来は頭をこっちに向けた。

『なに？』

草也は驚くほど素直に応えた。

『市来って、意外とピンク似合うなぁと思って。カッコイイ』

『ああ、このシャツ……そうかぁ？　繭香が選んだやつなんだけど。どうしてもこれがいいって、着るのは俺なのに』

『繭香ちゃん、見る目あるよ。オシャレに興味あるんだ、さすが女の子だねぇ』

草也が褒《ほ》めると、市来ははにかんで笑った。妹のことになると時折見せる照れくさげな表情が新鮮で、目が離せなかった。

今も、あの瞬間みたいに目を奪われた。

再現でもするかのようにタイミングよく市来がこちらを向いて、ドキリとなる。

「なに？」

「あ……なんでも」

奏は反射的にまた首を横に振った。

入場ゲートのときと同じだ。『お姉さん、一馬がイケメンだから覚えてたのかもね』とすら軽く言えない奏に、無邪気に『見惚れてた』なんて返せるはずもない。

逃げるように目を落とした。

「あれ、そのイルカ」

市来が視線の先のものに気がつく。奏が手をかけた水色の手摺にはペンキの剥がれた部分があり、下地の白い色が覗いている。四センチくらいの大きさだ。ちょうどジャンプしたイルカみたいな形をしていて、あの日も「似てるね」と二人で言い合った。

「そっか、前もこの辺で見たんだっけ」

「……うん」

奏は頷いた。

こちら側を選んだのは、草也の記憶を確かめたかったからだ。

「よく覚えてたな。ていうか、あのときっておまえ……草也だったんだろ？ 細かいことも全部覚えてるのか？」

問う顔は神妙で、奏は苦笑する。

「まぁ、だいたいは。普通に覚えてる」

「夢みたいな感覚だって言ってなかったか？」

「うん、やけに現実感のある夢って感じかな。夢みたいなのに忘れないんだ。もう二週間くらい経つのにね」

目覚めたとき、すぐそこにいた草也は今はだいぶ遠い。ちょうど夢の中の自分であるかのように存在はぼんやりしていて、そのくせ記憶は鮮明なままでもある。

まるでたった今目覚めたかのように、忘れない。

カワウソや手摺のイルカと別れ、二人は園内を見て回った。それほど広い動物園ではないけれど、それなりに展示は充実している。

一つ一つを丁寧に見ようとすると、一日では回り切れない。最近はペンギンやニホンザルのコーナーに相関図が張り出されていたりと展示物も工夫されていて、合間に軽くランチもすませると、時間が過ぎるのはあっという間だった。

「しかし、あっついな。奏、あれ」

午後、売店コーナーの傍《そば》を通りかかり、市来が「アイス食べよう」と言い出した。奏は二つ返事で、真夏としか思えないギラつく日差しから逃れるように、パラソルつきのテーブルの並ぶ飲食スペースに飛び込んだ。

売っていたのはアイスではなくソフトクリームだったけれど、どちらも好きなので問題はない。定番のミルクとチョコレート以外のフレーバーもあったのは魅惑的で迷った。

しばらく唸《うな》ってから、ミルクに決めた。

「半分食べる?」

テーブルに着きながら問う市来の手には、鮮やかなオレンジ色のソフトクリーム。

「えっ」

「ミルクとマンゴー、迷ってただろう?」

「でも……」

ソフトクリームは、カップアイスをシェアするのとはわけが違う。

草也なら迷わず飛びついたんだろうかなんて、深層心理相手に自問自答を繰り広げて固まっていると、市来が笑った。

「デートらしく間接キッスを楽しむのもいいかと思ったんだけど」

「デートなら普通にキスすればいいだろ」

「わ、意外と大胆だな、奏ちゃん」

「お、おまえが間接……とか言うから」

「それで固まってるんじゃないの？　はい」

おもむろに透明プラスチックのスプーンを差し出されて、「えっ」となった。

「おまえは舐《な》めるの嫌がるだろうと思って、もらっといた。気が利《き》くだろ？」

スプーンは二本ある。間接キッスでなくなったことよりも、誰ならば嫌がらないと思ったのか気になった。

ただの言葉の言い回し。比較相手なんていないのか、それとも。

「どうした？　やっぱり普通にシェアでペロペロしたいとか？」

「……ありがと」

「お……どういたしまして」

からかわれても礼を言う奏に、市来は肩透かしの表情だ。

「あっ、ヤバい溶けてきたっ！　奏、早く食えっ！」

「うん」

瞬《また》く間に溶け出すソフトとの格闘で、細かいことなど気にしていられなくなる。

日は西にだいぶ傾き始めていた。西日を遮《さえぎ》ってくれるパラソルから出ると、園内の巡回コース も終盤《しゅうばん》だ。

「こっちから行ってみるか、日陰になってるし」

木々の間を抜ける道は狭いけれど、その分木陰《こかげ》になっている。舗装《ほそう》はされておらず、好天《こうてん》にもかかわらずところどころぬかるんでいた。水捌《みずは》けが悪いのか、数日前の雨がまだ乾ききっていないのか。

そもそも、勝手に植樹《しょくじゅ》の間を人が通るうちにできたケモノ道で、道ですらないのかも——なんて思いながら歩いていたところ、傾斜《けいしゃ》に足を取られた。

「わっ……」

「奏、危なっ！」

がっしりと市来が腕を摑んでくれたおかげで、転ぶのを免《まぬが》れた。

「助かった」

文化祭の舞台といい、また市来に助けられてしまった。照れくささを覚えつつ歩き出そうとすると、市来の左手が離れずドキッとなる。

摑まれた腕ではなく、手と手が繋がれていた。

「……一馬？」

「おまえ、意外と危なっかしいし」

声をかけたら、離れるどころか指が絡《から》んできゅっと握られ、ますますドキドキした。うるさく騒ぐ心臓の音を感じるうち、昨晩のことまで思い起こした。

潜《もぐ》り込んだブランケットの中で感じた自分の鼓動《こどう》。健全な動物園にはそぐわない記憶がぼわっと蒸気みたいに噴き出して、先を行く市来に引かれた右手を見ると、奏はじっとされるがままでいられなくなった。

この手で自分はあんなこと——

市来のラインがきていつもどおり未遂に終わったけれど、達成できたか否かの問題ではない。

次の瞬間、奏はバッと振り払っていた。

「あ……」

急に払い落とされた手に、恋人であるはずの男は目を瞠《みは》らせて振り返った。唖然《あぜん》とした顔に、咄嗟《とっさ》に苦しい言い訳をした。

「ひっ、人が見てるから」

「人なんていないけど」

「あ、あれっ！」

引っ込みつかず苦し紛《まぎ》れに指差したのは、小道を抜けたところにある動物舎だ。ボルネオオランウータンと案内板には書かれている。

「オランウータン？　類人猿《るいじんえん》も人なの？」

「オランウータンはチンパンジーやゴリラより遺伝子では人に近いって、最新の研究論文では出てるくらいだから！」

広い飼育スペースに渡された太いロープにぶらさがり、ゆったりと前を過ぎるオランウータンの好奇心いっぱいの眼差しすら痛い。愚《おろ》かな自分に、近縁の動物種にも呆れられているように見える。

「へぇ、奏らしいな」

市来は噴き出すように笑った。

失笑ではなく、本当に楽しげなくすぐったい笑い声。確かにズレた言い訳をしてまで体裁《ていさい》を繕《つくろ》うのは自分らしいかもしれないけれど、どこも楽しくはない。可愛げのなさばかりが際立つ。

どうして市来は笑ってくれるのか。

そもそも、自分と来たってなにも楽しくないのではないか。

『次は絶対カワウソの赤ちゃん見ようよ！』

無邪気な約束を交わしたのは、自分であって自分ではない。

卑屈《ひくつ》な考えに支配された途端、風に乗って、シャカシャカチリチリと鳴るタンバリンの音まで聞こえてきた気がした。

『ノリが悪くなったっていうか、元に戻ったっていうか』

なにも知らない岩橋にすら、気取《けど》られるくらいだ。島本くらい鈍《にぶ》く大らかでないと、変化を感じずにはいられないに違いない。

歩みが遅れがちになる。

隣に並んでいたはずの男の背中が見え始めた。

オランウータンからハヤブサ、ヒクイドリと鳥類コーナーがしばらく続き、この先はもう動物園の最奥《さいおう》の池だ。『水鳥の池』と書かれた場所は、カモ類などの鳥がほとんど自然のままに飼育されている。

あまりに地味なスポットだった。自然公園の片隅のような池で、最奥なこともあってか人気《ひとけ》は急に少なくなる。

というより、気づけば周囲に誰もいない。

奏は、前を歩く男の背中を見つめた。

覚えていた。その背に飛びつくように取り縋《すが》った日のことも。『ぎゅってして』なんて、まったく自分らしくもない言葉で懇願《こんがん》し、市来に抱きしめてもらったあの帰り道。

どうにかして成仏《じょうぶつ》しなくてはと、思い込んでの言動だったけれど、真っすぐな草也だったからこそ言えた。

市来に応えてもらえた。

あの日、切ないほどに美しく輝いて見えた夕焼けの空を覚えている。

儚《はかな》く消え去るはずのキラキラした夢。子供の頃から、目覚めと同時に失せていく良い夢を、忘れずにいられたらいいのにと願っていた。夢の続きを見られないのであれば、せめてちゃんとずっと、いつまでも覚えていられたらいいのにと。

——嘘だ。

今になって判った。

夢なんて、忘れてしまえたほうがいい。

キラキラした良い夢なんて、忘れられずにいたら、現実の自分の愚《おろ》かさを思い知らされるだけだ。

想像してみる。

草也みたいに真っすぐに小走りに、前を行くあの背中に抱きついて『大好き』と叫んでみる。あと何時間もしないうちに沈む太陽まで届くくらいに、声を限りに叫んで想いをぶちまける。

考えるほどに足が動かない。怖くて、上手くできる自信がなくて。

夢の自分とギャップがありすぎ、後を追うことすら困難になってついに立ち止まりかけたそのとき、市来が急に振り返った。

静かな池に辿り着こうとしていた男は、くるりとこちらを向いて、歩幅も大きな急ぎ足で戻ってくる。

「奏」

「え……」

なにかあるのかと、周囲を見回そうとした奏は、長い腕で掻《か》き抱《いだ》かれていた。

強張《こわば》る身を、ぎゅっと抱きしめられる。

なにが起こったのか理解できずに、腕の中で何度も目を瞬《しばたた》かせ、奏は呆然と顔を仰いだ。

「悪い、勢い余った」

市来は笑みさえ浮かべている。

「なんで？」

「え、なんでって……誰もいないし、『手をつなぐチャンスじゃん』と思って。カモなら見られてもいいだろ、カモなら」

「なんで、そんなに……」

奏は笑い飛ばせなかった。

「……ごめん」

ぽろっと口から転がり出た。

「は？　なに謝ってんだよ、急に」

「草也じゃなくて、ごめん。また行こうって、約束したのに」

そんな言葉を市来は求めていないと知りながらも、胸の中で暴れ出した気持ちを抑《おさ》えきれな

くなった。

一歩後ずさる。するりと腕から抜け落ちるように離れた奏に、市来は沈黙した。

数秒の間の後、すべてを察したように口を開いた。奏がなにを詫《わ》びて、なにに罪悪感を覚えているのか。

「それって、言う必要ある？　俺が約束したのはおまえだろ」

「俺だけど……俺じゃないよ。見た目は変わらないけど、おまえだって判《わか》ってるんだろう？」

「おまえのなりたかった『おまえ』なんだから、だいたいおまえだろ」

「だいたいって……」

「だいたい、ないものねだりなんだよ。草也やってたときは、兄弟のことがあって優等生目指してたって言ってたけど……今度はなに？　可愛い草也くんに戻りたくなった？」

否定できない。放たれた露悪的《ろあくてき》な言葉が、奏にはストンと落ちてきた。

「……うん、戻りたい」

「え……」

「おまえには嫌われたくないから」

苦笑いを浮かべたつもりが、唇が震えた。

「バカなの？」

ばっさりと切り捨てられ、ひやりとなる。

やっと本音を言えたと思っただけに、胸が凍りつくほどの冷たさを覚えた。

市来はすぐに奏の内の薄っぺらな氷など叩き割った。

「肝心《かんじん》のこと、忘れてるし。どっちでもいいって言っただろ、どっちも俺には奏だって」

「だって……昨日だって言いたかったんだ。本当は会いたかったのに、言えなくて。おまえを怒らせてしまって……草也だったら、『会いたい』ってきっとちゃんと言えた。『会いたいから待っててもいい？』って」

「今、言ってんだろ。ちゃんと」

呆れたような声に、奏は「えっ」となって顔を起こした。いつの間にか俯《うつむ》いていて、上向けば、変わらないからりとした風がそよいだ。

互いの髪をふわふわ揺らし、水鳥たちの池の水面をきらきら輝かせる。

「今、言ってるのと同じだし、会いたかったんなら、草也でもおまえでも気持ちは一緒ってことだろ？　そりゃ、言ってくれたら嬉しいけど……」

「会いたかったんだ！」

背伸びするように、少し前のめりに体を弾《はず》ませ告げる。

「一馬、会いたかった」

「俺も……おまえに会いたかったよ。ていうか、こっちこそ勝手にその気になって、会えなかったからって不満タラタラでさ。『残念な俺でごめん』って感じ」

ちょっと情けない顔をするから、ふっと気が緩《ゆる》んだ。急におかしくなって、どちらからともなく『ははっ』『ふふっ』と笑う。

照れ隠しだったのか、またどちらからともなく、すうっと真顔になる。

「変なの。今こうやって会ってんのに、なに言ってんだって感じだな、俺ら」

「えっと……バカなの？」

奏が突っ込むと、市来は目を細めて応えた。

「ああ、バカだね」

動物園の最後は、目を剝《む》くほど愛くるしいわけでも、愛嬌《あいきょう》や一芸があるわけでもない水鳥たちを眺めた。

ぷかぷかと池に浮かんだカモは、大抵番《つがい》でカップルだ。人間のカップルなんて眼中になく、こちらを見ようともしないから、触れ合った指先をさり気なく繫いでいられた。


市来《いちき》の家には、日が沈む前に帰り着いた。

西の空は真っ赤に染まろうとしていたけれど、今日という一日はまだ残されている。

電話で聞いたとおり家には誰もいなくて、マンションの玄関の扉を閉じてすぐから二人きりなのを意識してしまった——というより、確かめるのもそこそこに市来の部屋に直行した。

市来の部屋のベッドの上で、覆《おお》い被《かぶ》さる男の顔が少し困ったような表情に変わるのを見た。

「こんなにがっつくくらいなら、もっと早く帰ればよかった。動物園で奏《そう》にはロマンチックな空気でも感じてもらって……とか考えてたんだけど」

「動物園って、ロマンチックのためだったんだ？」

驚くと、バツが悪そうにする市来がなんだか可愛い。意外にロマンティストなのは、市来のほうかもしれない。

――いや、きっと優しさだ。自分のための。

「ごめん、俺そういうの鈍《にぶ》くて……デートって、なにが正しいのかもよく判《わか》ってないし」

「俺だって知らないよ。けど、ロマンチックかどうかはともかく楽しかったな。おまえに、ちょいちょい塩な反応されるのもドキドキできて」

「一馬《かずま》って……マゾなの？」

「んー……『こんなに一生懸命に冷静ぶってるけど、こいつ本当は俺のことすっごい好きなんだよなぁ』って思うと、滾《たぎ》るっていうか」

「……変態」

うっかり動揺させられてしまい、それこそ懸命に『冷ややか』を装《よそお》う。

恋人は嬉しげに笑うばかりだ。

「変態だよ？　もっと知りたい？　俺がデート中、なに考えてたか」

「いい、べつに知りたくない。それに、すごい好きとか言ってないし、勝手に決められても困るし」

「……ヤバい、燃える。もっと塩撒《ま》いて？」

「やっぱり変態…っ……」

「ははっ」

言葉の続きはキスに封じ込められた。

笑みに綻《ほころ》んだ唇が重なり、「んっ」となる。嫌じゃないからそのまま受けとめた。唇がくっついたり離れたりを繰り返すうち、奏もすっかりその気になって、自分からも求めた。

ひどく気持ちがいいあのキス。

「……んんっ……」

普段触れることのない、非日常的な深いところで互いを感じ合う。

距離が近づく。物理的な間隔《かんかく》が縮《ちぢ》んだだけでなく、心もぴったり吸いつき合うみたいに。

「……奏」

唇を解《と》いても、すぐそこにある市来の顔。下りた前髪の先が、頬や目元を掠《かす》めてくすぐったい。

開きかけた目を思わず閉じれば、リピートでも要求したみたいでまた唇が下りてきた。くっついては離れて、またくっついて。なかなか終わりの見えないキスの合間に、ネイビーのシャツの裾《すそ》からはするっと大きな手が滑り込む。

「……一馬…っ……」

ただでさえ上がった息が乱れた。

キスをしながら体のあちこちを探られる。普段は目立たない小さな乳首も。こそばゆくて、体が芯から震えてしまう脇のほうも。

それから、感じやすくてもう痛いくらいにボトムを突っ張らせた膨《ふく》らみも。

「ふ…っ……ぁっ……」

軽く確かめるように触れられただけでも、変な声が出そうになる。二度目でも三度目でも、我を忘れるほど奔放《ほんぽう》にはなれない。奏にできるのは、慣れた振りをすることくらいで。

上も下も服を脱がされた。負けじと奏も市来のTシャツやボトムに手をかけたものの、指が震えてもたもたしてしまった。

見かねたように、市来は自《みずか》ら衣類を脱ぎ捨てる。カーキ色のTシャツから抜いた頭をぶるっと振り、さらさらの黒髪を揺らしたかと思うと、ポイと足元のほうへ放った。

Tシャツもボトムも、奏の服も。

「あ……」

「今日は服被《かぶ》るのはナシな。顔を見る」

言葉も表情もなんだか色っぽくて、怖いくらいドキッとしてしまった。

回を重ねるごとに市来は奏を知り尽くし、こなれているようだ。手際よく雑になったかと言えば、むしろ逆で、効率よく奏の弱いところばかりを集中して狙ってくるからひとたまりもない。

気がついたら、残った下着も剝《む》かれていた。おなかにつきそうなほど性器はきつく反《そ》り返り、先端が蕩《とろ》けて濡れているのが奏の目にも映った。

膝頭まで視界に収まるポーズだ。両足を深く抱え込んで、左右にあられもなく開かれ、隠せるものはなに一つない。

硬く勃起《ぼっき》した性器だけでなく、後ろのほうまで全部。

気づいた途端に、じわっと涙目になる。

「かっ、一馬…っ……」

「……ん？」

「いや…だ、このかっこう……」

「……なんで？」

「なんでって、はっ、恥ずかしい……って……」

声の震えを抑《おさ》えるので精一杯だ。

「ていうか、くち…っ……ぁっ、ちょっ…と、待っ……」

「恥ずかしい格好、させんての。すごい……奏がエッチでクラクラする」

返事に奏の頭は熱くなる。濡れそぼった性器までヒクヒクと跳ねて、淫《みだ》らな自分の反応におかしくなってしまいそうだった。

「……ぁっ、ふ…ぁっ……」

実際、すぐにおかしくなった。潤《うる》んだ先っぽにキスを施《ほどこ》され、軽く咥《くわ》えられただけで、滴《したた》るほどに先走りの溢れていた昂《たか》ぶりは弾《はじ》けた。

「……ぁっ……もっ、もう……ぁっ、だめ……」

軽く身を捩《よじ》っただけで、ぴゅっと白濁《はくだく》が吹き零《こぼ》れる。呆気《あっけ》ないほどの射精。市来は口腔《こうこう》で受け止めながらも、『しまった』という反応を漏らした。

「やば……もうちょっと、奏の可愛い声聞いてようと思ったのに」

「おっ、俺も……する」

「えっ、俺もって……無理しなくても」

市来は驚くも、奏は本気だった。

覚えていた。フェラチオなんて大胆な行為は初めてのようだけれど、草也《そうや》だったときにもしてもらった。

自分ばかりではなく、市来にももっと感じてほしい。張り合うような気持ちではなく、そう思った。

くたくたに重たくなった身を起こし、這いずるようにして市来に迫《せま》る。

「奏…っ……」

ベッドの頭側に市来を座らせ、奏は足の間に蹲《うずくま》った。

同じように。そのつもりが、市来のボクサーショーツをずり下げてみれば、そうもいかないのが判った。

「……わ」

サイズ感が違う。先っぽをちょっと大きな飴玉《あめだま》かなにかみたいに咥えるなんてできない。

怯《ひる》みつつも薄い舌先をひらめかせ、ぺろっと舐《な》めたらピクンと生き物みたいに跳ねて、思いのほか反応はよくびっくりした。

市来が……正確には市来のムスコが可愛く思えて、その気になった。

幸い同じ男なので、経験や予習が皆無《かいむ》でもなんとかなる。

「こないだは恥ずかしがって服被ってっ……間接キッスもできない奏が……俺のをペロペロするとか感慨深いっていうか、ヤバすぎ……」

裏筋にちろりと伸ばした舌を引っ込め、奏はかぷりと太い幹《みき》に歯を立てた。

「いたっ、痛いっ、奏マジ、勘弁してっ……」

「……ヘンなこと言うから」

「吸血鬼かよ」

こんなところに噛みつく吸血鬼はいない。血ではなく別のものを啜《すす》るサキュバス。精液で精気が得られるミラクルだとしても、横っ面《つら》に穴を開けたりする必要はない。

「……奏っ、おま……」

ちゅっと先端に吸いついた。馬鹿な考えを巡らせて煽《あお》られるなんて、まるでミイラ取りがミイラだ。鈴口《すずくち》から溢れ出ようとする透明な先走りを、甘い蜜《みつ》かなにかみたいに吸い取る。じわりと唇で包んで、口腔に招き入れた。

「ふ…っ……」

正解なら、頭上の市来の息遣いが教えてくれる。大きな手が奏の淡い色の髪に触れたり梳《す》いたり、急にクイと引っ張られるのも、たぶん感じてくれている証《あかし》だ。

「……もういい、イッちまいそう」

「んん…っ……」

不意に腰を引かれ、顔も上げさせられた奏は不満げに鼻を鳴らした。無心になってしゃぶっていたオモチャを取り上げられた子供のようにぐずる。

「まだ…っ……」

「もうダメ。次は俺のターン」

「ターンって、ゲームじゃない……んだから……それに、おまえばっかりっ……」

それ以上、不満を零す隙もなかった。市来は煩《わずら》わしげに下着を脱ぎ捨て、起こした身を引き寄せる。

「んっ……ぁ……」

するっと前に手を這わされ、奏は吐息を震わせた。一度放って落ち着いたはずのものは、抗《あらが》いようのないほどまた形を変えていた。

「……ほら、奏も『して』ってさ。回復早いな、負けちゃいそう……溜まってたとか？」

返事ができない。泳がせた視線に、市来は少しばかり驚いた表情だ。

「そうなんだ？」

「……違う」

「そういえば、奏のオカズはまだちゃんと俺？　草也んときは……」

「違うってば」

「違うってなに？　即答すんなよ。奏ちゃん、他所《よそ》ですませるとか酷《ひど》くない？　AVとか、グラビア？　ていうか女じゃなくて男……あー、やっぱ知りたくないかも」

勝手に想像を巡らせ、勝手に完結されても困る。

「してないから」

「……ノーカウントってこと？」

「……うん」

「嘘だろ、ワンカウントも？　いつから？」

「え……ずっと……かな、俺に戻って」

「抜きたくならないの？」

「そういうわけじゃないけど」

「まさか……イン……だったとか」

まるで尋問な上、行きついた誤解は頭二文字で判ってしまった。健全な男子高校生は、自慰に耽《ふけ》っていないと不能の疑いをかけられるらしい。

「違う、インポテンツじゃない。おまえのこと考えたら、なんか……わーってなって、最後までできないっていうか……さ、触った手で、おまえに触るのもちょっと」

動物園で繋いだ手を払ってしまった、くだらない理由。

「奏って、潔癖症だっけ？」

「違うと思う」

触れて嫌なのは自分ではない。汚した手で市来に触れるのに戸惑いが芽生《めば》えただけだ。

潔癖症ではなく、市来を好きすぎる病なのかもしれない。

大事すぎて、大好きすぎて。草也のときのようにストレートに表に出せない分、自分の中で歪《いびつ》に捩《よじ》れて拗《こじ》れて、ぱんぱんになるほど膨らんでいる。

時々変な方向に飛び出る。破裂しそうになる。

「……奏」

市来は奏の手を取った。

右手の指の背に唇を押し当てられ、「あっ」と短い声が出る。ヒクッとしゃっくりで横隔膜《おうかくまく》が震えるみたいに、鼓動が跳ねた。

「俺はずっと、おまえだけかな」

男にしては白くて細くてすんなりとした奏の指の背に一本ずつ唇を押し当て、手のひらにも。なにかの儀式のように唇を埋《うず》めてから、市来は導《みちび》いた。

首に両手を回すよう促《うなが》され、向かい合う奏は膝立ちになる。

見つめ合うのもドキドキするほど顔が近い。

「動物園にいるときもヤバかったんだよな。時々可愛すぎるから、どうしてやろうって」

さっきデート中の考えは知りたくないと言ったばかりなのに、まるきり無視してくれる。

秘密でも打ち明けるみたいに、恋人は奏の耳元に唇を寄せた。

「あとでメチャクチャにして、いっぱい泣かせてやろうって思ったら、興奮した」

「……さっ、サド……」

「そうかもね。また泣かせるけど、いい？」

低い声。耳に悪戯《いたずら》に歯を立てながらの宣言に、ぶるっと軽く身が震える。肌がざわつき、期待に昂《たかぶ》ったままの性器にするりと悪戯は移った。

「ふっ……ぁっ……」

包み込む長い指が行き交う。根元から先端へ。滑《なめ》らかな動きは快感だけでなく、ひどく先走りに濡れそぼっているのを奏に教えてくる。

くちっとたまに音が鳴るだけでも、恥ずかしくて死にそうなのに、どこからか市来がローションのボトルを魔法のように取り出し、奏は早くも泣きそうになった。

狭間《はざま》をたっぷりと濡らされる。

「あっ……や……」

つぷりと指がそのまま中へ。男らしくしっかりした市来の長い指が沈み込む。

あの場所に触れたら変になる。予感どおりに張り詰めた前立腺《ぜんりつせん》を探り当てられ、奏は首筋にしがみついた手もシーツについた膝も震わせた。

「……ひ…ぁっ……はっ、は…ぁ……」

噤《つぐ》もうとしたところですぐに解《ほど》ける唇から、零れる吐息は熱っぽい。

「……奏、感じる？」

前も後ろも愛撫を施す男は、塞《ふさ》がれた両手の代わりに、すりっと頭を寄せてきた。市来の首元に埋めた奏の頭は軽く揺らされ、触れる黒髪をこめかみや頬で感じる。

「ん……んっ……ぁ…っ、あ……」

指が二本に増えて、奥までじわりと割り開かれる。

「んんっ……」

おなかがきゅうっとなって、凹《へこ》んだり膨れたりを繰り返した。中も外も、市来の指を食い締めようと反応する体は、異物を排除しようと抗っているのかと思えば、きゅっと吸いつく。何度も中がうねった。淫《みだ》らに誘い込むみたいな動きで。

「……メチャメチャやらしいな、奏のここ…っ……」

「うっ……ふ…っ……」

声を抑《おさ》えようと、市来の首筋に口元を押しつけすぎて呼吸困難。顔を起こせば、薄暗くなり始めた部屋の中で、目の前の壁が上下にふわふわ揺れていた。知らず知らずのうちに奏は自《みずか》ら腰まで動かしていた。

「あっ……ちが…っ……」

「……なに？　違うって、さっきから自分で尻動かしてること？」

「かっ……一馬…っ……」

「もう……しよっか？　奏、こっち……俺の腰、跨《また》ぐ感じ……できそう？」

市来はゆっくりと回すように二本の指を動かし、奏の中から抜き出した。

「んん…っ……」

恐れだか期待だか判らないものに、細く漏らした声が震える。

両足を投げ出して座る市来の腰を、奏は求めのままに跨いだ。少し不自由な体勢だけれど、互いを近く感じる。

見つめ合う眸《ひとみ》が熱っぽい。市来のいつも涼し気《げ》な黒い眸はやけに艶《なま》めかしく、欲望に濡れていた。きっと自分の両目もそうだと思ったら、ただでさえ赤く染まった顔がじんわり熱を帯びる。

自らの重みも加わり、貫《つらぬ》かれた。

太く張った強張《こわば》りに、体の一番恥ずかしいところを奥まで開かれ、奏は眦《まなじり》を濡らした。たぶん何度繰り返しても慣れない感覚に、涙を浮かべる奏を、熱い眼差しで市来は見ていた。

「……奥、また奏の好きなやつしよっか?」

訳も判らず、ふるふると首を振った。

「奥んとこ、トントンされんの好きだって言ったろ? ああ、叩かれる感じだっけ?」

「すっ、好きなんて一言も……やだって……っ……一馬……っ……あっ、あ…ん…っ……」

細い腰を上下に弾《はず》まされ、ぐちゅっと音が鳴る。一度だけでなく二度、三度。体液と塗り込められたローションの入り混じった音は、淫らに鼓膜を震わせ、静かな部屋の隅まで響く。

「や……強い……」

「強くしてないだろ」

「うそっ……あっ、また……」

「この格好だと……おまえの体重の分だけ、重力かかるのかもな。奏の質量と重力加速度で……大きさ、測《はか》れそう。計算してみる?」

「……ぁっ、無理……そんなの、できな…っ、い……」

「気持ちよくて、頭飛んでる？　さすがの奏も頭回んないか」

からかわれているだけだと、判断できる思考力さえ残っていなかった。

なにも考えられない。擦《こす》れたところから溢れる、卑猥《ひわい》な音と刺激的な快楽。耳を塞ぎたいほどなのに、もっと感じていたいような錯覚。いっぱいいっぱいのところに、無理矢理詰めてスペースを作るみたいに、恋人の唆《そそのか》す声が入り混じる。

「今だけ……ちゃんと、すぐに余裕で元の奏に戻るから、今だけ……俺と気持ちいいことだけ考えてみ？」

「ひ…ぁっ……だめ、そこ……ダメ……」

「ダメじゃないだろ、奏のイイとこ……ほら、この手前んとこと、奥と……な？　きもちい、だろ？　いっぱい、トントンもしてやっから……」

「……やだ……やっ」

首を振って、固くしがみつく。

ぐずぐずとした声を漏らすほどに、許されるどころか強く突き上げられた。感じるところを少しでも教えてしまったら、集中的に大きく張った先端で責められる。

「ふっ……う…ぅ……」

細く消え入りそうな啜《すす》り喘《あえ》ぎを、真っ赤に顔を染めた奏は漏らした。

熱くて切ない。前も、後ろも。繋がれたところはぐちゃぐちゃに濡れそぼっているのに、擦れるのを強く感じてしまう。

「……ぁっ……いっ……」

下腹の辺りが幾度もきゅんと収縮《しゅうしゅく》し、飲み込んだ市来を締めつける度《たび》、切ない快感が溢れる。

もう駄目だと思った。

「一馬…ぁっ……」

「……ん？」

「かず、まっ……あっ、い、いい…っ……」

「……感じる？」

「んっ、ん…っ……あっ、あっ……いい、からっ……もぉ……」

堪《こら》えきれずにしゃくり上げ、快楽は瞬く間に奏を飲み込んだ。揉《も》みくちゃになる。

「気持ち…い…っ……あっ、かず、まっ……あっ、あっ……そこ、あっ、そこ…っ………ぁっ、あっ……」

「……ここがいいの？　これ？」

「あっ、あっ……いっ、あぁ…っ……あぁん…っ……」

甘えたねだり声を上げ、腕も足も市来に絡みつける。くちゅくちゅと濡れた音が止めどなく上がる。奥を何度も打たれた。優しく強く、容赦《ようしゃ》ない動きでこねられ、ぴゅっと噴くように先走りが溢れた。

「……ぁっ、あっ……」

まだかろうじて透明なものが、市来の腹を断続的に打つ。

「あっ、だめ……ダメ、もう、もっ……かず、まっ、一馬…ぁっ……」

「イキそう？　もう少し我慢……」

「むり……もう、がまんでき……なっ、い……出ちゃっ、でちゃう、から…っ……だめ…あっ、あ……らめ…っ……」

「……ギャップ、やばすぎ。こっちが持たないって」

腰を支えていた男の両手が、奏の頬を包んだ。泣き濡れた眦から、火照《ほて》った頬へと押し当てられた唇は、ゆっくりと這い下り唇へと到着する。

軽く触れ合わせながら、市来は求めた。

「なぁ……奏、好きって言って？　今言われたら、俺……昇天《しょうてん》しちゃいそう」

「いっ、言わなくっ……たって、する…っ……」

「もっと気持ちよくイケるってこと。じゃあ……手本は、俺からしようか？」

うっすらと汗ばんだ額に、市来の黒髪が纏《まと》わりつく。

こつりと押し合わされる。

「奏……好きだ」

市来の言葉に、なにより甘い悦楽《えつらく》を覚えた。閃光《せんこう》のように眩《まばゆ》く走り抜け、身を焦《こ》がすほどの

熱が湧き起こる。

「……んっ……」

額に代わって、鼻梁《びりょう》がぶつかり合い、互いの落ち着く場所を見つけたみたいに唇が重なり合う。

湿った柔らかな熱を感じながら、奏も自然と応えていた。

「……好き。一馬……好きっ」

首筋に回した両手に力が籠《こも》る。そっと開けるつもりだった心の蓋《ふた》は、軽く指をかけただけでぱっかりと開いて、中から色とりどりの想いが噴出したみたいで『わぁっ』となる。

「奏……」

「大好き」

欲しがったのは市来のほうなのに、言葉に変えた奏のほうがきゅんとなった。キスの続きは、どこまでもうっとりするほどに甘い。

胸の内も体の奥も疼《うず》かせ、溺《おぼ》れるほどの官能に晒《さら》され奏は吐精《とせい》した。

「こら……奏、自分だけ?」

額で小突いて不満を漏らしながらも、市来もすぐに追いかけてきたから、まったく問題にはならなかった。

どちらも嬉しくて気持ちよくて、幸せには違いないから、ほんのちょっとした誤差だ。

「奏って、動物好きだよな」

外はすっかり夜だった。眠るつもりはなく、部屋の明かりを灯《とも》しながらも、しばらくベッドでだらだらと過ごした。

ジェラシーの矛先《ほこさき》を向け、市来が妙なことを言い出す。

「俺も動物に生まれればよかった。まぁ今も動物ではあるけど」

「人間も好きだよ？」

「博愛精神って感じ。人類の一人として好感を持たれても気分上がらないっていうか」

奏は肘《ひじ》をついて軽く身を起こし、こちらを向いて横になった男の髪に触れる。そういえば、ドラゴンだったのを思い出した。舞台の役では居眠りしてばっかりの、大きな竜。

さらりとした黒髪の甘い匂いを嗅《か》ぎ取りながら、深く首を傾げて顔を覗き込むと、唇に軽くちゅっとキスをする。

「一馬が好きだよ」

軽く閉じた男の眸はパッと見開き、「上がった？」と問えば瞬《まばた》きを数回してからコクリと頷いた。

「ヤバイ、ずっとセックスの後ならいいのに。いや、エッチも外せないから、セックスおよびピロートークの国で」

「なにそれ」

奏は「ははっ」と笑い、おなかを動かしたせいか、キュウンと子犬が鼻を鳴らすみたいな音が鳴った。腹の虫にしては控《ひか》えめだけれど、決まりは悪い。

「奏の腹の虫、可愛すぎだろ。どんなの飼ってんの？」

「ちょっとやめっ……」

起き上がった市来がおなかに耳を当てようとするから、くすぐったさに身を捩る。二人ともまだ服も着ていない。

「ゴハンくれって言ってる。やっぱり、ずっと『その後の国』でもいられないか。コンビニになんか買いに行く？　しばらく家空《あ》けてたから、冷蔵庫も空っぽなんだよな」

断る理由はない。今日は寮には『実家に帰る』と申請しておいたので、もう少し余裕がある。

こんなときは、優等生をやっておいてよかったと思う。

放りっぱなしだった服を身に着け、支度を整える。出かけるつもりで市来と揃って玄関に向かったところ、急に扉がガチャガチャ鳴って、ヒッと身を強張らせた。

「お兄ちゃん、ただいまー」

先陣を切って飛び込んできたのは、ツインテールが可愛い繭香《まゆか》だ。続いて弟の駿太《しゅんた》が、母親に「ほら、早く」と促《うなが》されながら入ってくる。家に入るなり兄の姿を見つけ、眠たげだった顔をパアッと輝かせた。

「にいちゃ～！」

突然の家族の帰宅に金縛《かなしば》り状態の兄の長い足にタックルだ。

「あら、天沢《あまさわ》くん」

「お、おじゃましてま……」

「なに帰ってきてんだよっ！　母さん、明日帰るって言ってなかった？」

挨拶しようと焦る奏を、押し退《の》ける勢いで市来が騒いだ。

「えっ、なにって、あなたが一人で不便な思いしてるんじゃないかって。ラインだって送ったのに、全然見てくれないんだもの」

「え……あ、ごめん、気づいてなかった」

そういえば、市来は昼からずっとスマホを見る様子がなかった。

服を着るタイミングが一歩遅ければ大惨事だ。

「あの、留守中にすみません。おじゃましてます」

密《ひそ》かな緊張を漲《みなぎ》らせつつどうにか挨拶をした奏は、大きな眸を向けてくる繭香にも、にこりと笑いかける。

「繭香ちゃん、久しぶり。駿太くんも」

軽く身を屈《かが》ませた奏の顔を、二人があまりにじっと見つめ返すからドキリとなった。幼い子供には、大人には見えないものがもしや見えていたりするんじゃないかなんて。

背後霊めいた草也の存在。実のところ、市来の家族に会うのは奏は半分初めてみたいなものだ。

「ずるい、お兄ちゃん！」

市来と二人してビクリとなった。

「奏くんと二人で遊ぼうと思って、繭香たちに内緒で早く帰ったんでしょ？　なにして遊んだのよ～」

当たらずしも遠からずというより、一字一句正解で小さくとも女の子は鋭くて怖い。今はまだピュアでいてくれることに感謝しつつ、逃げ腰で帰ろうとすると、「天沢くんも、ご飯食べて行かない？」と母親に引き留められた。

帰ったらすぐに夕飯にしようと、総菜《そうざい》をたくさん購入してきたらしい。

家族の団欒《だんらん》に加わってよいものかと迷うも、繭香や駿太の後押しも加わり、甘えさせてもらうことにした。本来は四人掛けのダイニングテーブルの端に、市来が椅子を用意してくれた。

大人数での食事は寮で慣れているけれど、子供のいる家は初めてで新鮮だった。

食後はデザートまで出てきて、至れり尽くせり。

高速道路を下りる間際のパーキングエリアで買ったという、カップアイスだ。お土産用らしく、小さなカップながらダッツアイスのようなオーラが溢れ出している。

それにしても、自分まで食べては足りなくなりはしないか。心配になって遠慮しようとしたら、「奏くんのだから」と藹香に強く言われた。

「え、僕の？」

「藹香がね、またあなたが遊びにきたらあげようって」

母親にまで勧められ、びっくりした。

「アイスすっごく好きなんでしょ？」

藹香がスプーンを渡してくれる。

そういえば最初に会った日、市来がお土産にクッキーを買ったアイスクリーム屋の話をした。子供の記憶も侮《あなど》れない。そんな些細《ささい》な会話で思い出してくれたなんて嬉しい。

「そーくん、そーくん、これ！」

「あっ、駿太、ちがうから！　奏くんはこっちね」

「タピオカミルクティ風アイス？」

選択の余地なく渡されたカップを、隣から市来が覗き込んでくる。

「バカ、奏が前に食べたのは、べつに好きだからじゃないって。あのときは、ほかの客に遠慮してタピオカにしただけで……」

奏は首を振った。

「ううん、これがいいよ」

「え？」

「これがいい。タピオカミルクティ風アイス、珍しいし、もう来年は出会えるかどうか判らないだろ？」

タピオカドリンク自体が流行《はや》りものだ。派生のアイスやクッキーやらは、よっぽど好評でない限り、瞬く間に消えゆく運命だろう。

夏の花火や、一瞬で燃え尽き、『願い事を三回』なんて難易度の高すぎる流れ星のように。それぞれにアイスが配られ、駿太は母親と仲良く半分こ。奏が蓋を取ると、想像どおりの曖昧なミルクティ色で黒い粒の埋まったアイスが現れる。

「一馬も食べる？」

移動でだいぶ溶けたのか、柔らかな表面を木べらのスプーンで掬《すく》うと、隣の男の眼差しを感じた。

「俺はいい。定番のバニラを食べて、来年もまたバニラを食べる」

「それもいいな、バニラは鉄板だね」

草也は微笑んだ。みんな小さな幸せを前に笑っている。

一度きりのアイスも、いつものアイスも、こうして食べるのはきっと今だけ。目に映るものは変わっていく。繭香のツインテールはいつか終わるし、駿太は一人で一つ食べると言い出すだろう。

夏空の色。聳《そび》える入道雲。深い緑に、いつの間にか失せる蝉《せみ》の声。来年もきっと目にする同じ景色は、同じなのにどこか少しずつ違う。

今年の夏は、今年だけのもの。

舌の上で瞬く間に溶ける甘いアイスを感じながら、奏は願い事を三回唱えるように思った。

――来年の夏も、一馬といられますように。

あとがき

AFTERWORD

―砂原糖子―


皆さま、こんにちは。はじめましての方がいらっしゃいましたら、はじめまして。

久しぶりの文庫で緊張しきりです。後書きも久しぶりのため、「後書きってこんな感じだったかしら、合ってる？　ん？　んん？？」と戸惑っています。

このお話の本篇は、小説ディアプラスに前後篇で掲載していただいたものです。ありがたいことにこうして文庫化の機会を得られたわけですが、発売までずっとドキドキしていたことがあります。「私、忘れられてるかも！　手に取ってもらえないかも！」といういつもの不安はさておき、「どうしよう、タピオカは存続してくれているかしら」な心配です。

流行《はや》りものは取り入れないほうが無難にもかかわらず、今作はあえて積極的に入れてみました。数年後、十年後、この作品に出会ってくれる方がいらしたら、「タピオカ!?　そんなブームあったなぁ！　懐かしい！」と感想を抱かれるのかも。その際は、『タピオカが終わるまえの話』として楽しんでいただけましたら幸いです。

『僕が終わってからの話』は、ふとした瞬間に思いついたタイトルから考えました。

自分が死んだ後の世界って誰も見られないんだなぁ、でもどうなってるのか気になるなぁ。百年後とか千年後も知りたい！　そんな叶わぬ好奇心から生まれた話です。

終わった主人公がどうやってその後の世界を知るのか。悩んで草也《そうや》と奏《そう》と市来《いちき》の三角関係に辿り着きました。学生っぽいということで高校生へ。逆算的に行きついた高校生ものですが、今はほかのキャラでは考えられないほど私の中ではしっくりきています。

夏乃《かの》先生のイラストに、たくさんの後押しをしていただきました。今回、続篇を書くにあたって久しぶりに読み返してみたところ、イラストのイメージで膨《ふく》らむ市来のカッコよさにさらに悶《もだ》えました。草也と奏も、一つの体で二つの心というデリケートな違いを絶妙に表現してくださっています。

表紙も不思議感だけでなく、一見爽《さわ》やかな青の部分に秘められたストーリーを後から感じてドキッとしました。読み終わった後にうっとり眺めていただくと、新たな発見があるやもしれません！　夏乃先生、素晴らしいイラストの数々をありがとうございます。

個人的にままならない状況の中、こうして一冊の本をまた送り出していただくことができたのも、夏乃先生や編集部の方々、この本に関わってくださった方々のおかげです。

手に取ってくださった皆さま、ありがとうございます。すぐに読んでくださった方も、タピオカが終わってからの世界で読まれた方も、どうぞ楽しんでいただけましたら！

また次の世界でも元気にお会いできますように。

２０２０年８月

砂原糖子。

この本を読んでのご意見、ご感想などをお寄せください。
砂原糖子先生・夏乃あゆみ先生へのはげましのおたよりもお待ちしております。

〒113-0024　東京都文京区西片2-19-18　新書館
[編集部へのご意見・ご感想] ディアプラス編集部「僕が終わってからの話」係
[先生方へのおたより] ディアプラス編集部気付　○○先生

- 初出 -
僕が終わってからの話：小説DEAR+19年ナツ号（Vol.74）、20年フユ号（Vol.76）
僕が始まってからの話：書き下ろし

[ぼくがおわってからのはなし]
僕が終わってからの話

著者：砂原糖子　すなはら・とうこ

初版発行：2020年8月25日

発行所：株式会社 新書館
[編集] 〒113-0024
東京都文京区西片2-19-18　電話（03）3811-2631
[営業] 〒174-0043
東京都板橋区坂下1-22-14　電話（03）5970-3840
[URL] https://www.shinshokan.co.jp/

印刷・製本：株式会社 光邦

ISBN978-4-403-52512-4